てんかんは親からの宝物だった！

河合利信

文芸社

はじめに

「五十五年」と聞いて、みなさんはどう感じるでしょうか？　半世紀とちょっとですから、ほとんどの人が「長い年月だナァ」と思うでしょう。私は、その長い年月を「てんかん」と一緒に生きてきました。

私がはじめて発作を起こしたのは、一歳半の時、晩秋の夜でした。私が住む福井県は、夏はとにかく暑く冬はとても寒いという気候なので、もうセーターが必要なくらい寒い時期だったと思います。発作は晩の八時に起きましたが、やっとのことで落ち着いたのは朝方の五時でした。もちろん、私にこの時の記憶はありませんが、両親もあまり記憶がないと言います。突然赤ん坊が原因不明のひきつけを起こしたわけですから、両親もずいぶん慌てただろうナァと思います。

それからというもの、てんかんは私の「影」になりました。どこに行っても何をしていても、くっついて離れようとしません。毎晩眠る前には「明日は発作の前兆がありませんように」と布団の中で祈ります。しかし、起床してみると、前兆でみぞおち辺りがピクピク痛み出す日が大半で、私の意識はそこばかりに行ってしまいます。そうなると悔しくなったり情けなくなったりして、つらくないと言ったら嘘になります。こんな話をすると、多くの方が「そんな病気もろうてしまって……」と思うでしょう。けれど、病気を持って生まれたからこそ、この五十五年の間にたくさんのことに気付くことができました。だから感謝もしています。今となっては、てんかんは大切な存在というか、私の人生にはなくてはならないものであり、親が授けてくれた〝人生の付録〟のように思えてなりません。

そこで、これまで学ばせてもらったことや気持ちを本にしてみようと思いました。てんかんがどうして起きるかなど、難しいことはお医者さんが書く本にお任せします。私は、当事者として、当事者にしか分からないことを書いていこうと考えています。

もし、この本を手にした人が健常者なら、私たちてんかん患者の生活を少しでも知ってもらえたら、それ以上に嬉しいことはありません。ひと昔前だと、「てんかんは突然泡を吹いて倒れる」とか「遺伝病だ」なんて間違った理解をされていました。こういった認識が少なくなってきたのは嬉しいですが、かと言って、正しい理解が広まっているわけではありません。また、現在日本には約百万人のてんかん患者がいると言われていますが、みんな、薬で発作の八十パーセント近くをコントロールできているし、手術も確立されています。私たち患者は、健常者に近い生活を送っているのです。このことは生活上は良いのですが、そのために、周りの方々に病気だと知らせるタイミングを逃してしまっている患者もいます。それが「てんかんを隠す」ことにつながってしまう場合もあるのではないでしょうか？　このまま何も行動しなかったら健常者と私たちてんかん患者の気持ちはいつになっても通じ合わないナァと、もどかしさを感じずにはいられないのです。

そして、私と同じてんかん患者、そしてその家族の方々、仕事などでてんかん患者に関わる方が、この本を読まれ、気持ちの変化のきっかけにしてくれたら嬉しいです。生意気なことを言うつもりはないのですが、「なんで自分がてんかんなんだ、早く病気を治したい！」そんなことばかり考えていたら、せっかくの人生も楽しくなくなってしまうのではないかと思うのです。それから、栃木・京都で起きた自動車事故後、患者の多くが「周囲の人たちにてんかんを理解してほしい！」と言いました。私もそう思いました。見た目ではわからない「精神障害者」だからこそ、抱えている悩みもあります。けれど、〝理解してほしい〟なら私たち患者がやるべきこともあるのではないでしょうか、とも思うのです。

私は、〝てんかんの世界〟を覆う壁は、できる限り「低く薄い」方が良いと考えます。そうするためにできることをするのが、てんかんを〝付録〟として生まれてきた私の使命で、両親やこれまで出会った方々への恩返しにもなるのではないか、そう思えてなりません。

それでは、しばらくの間お付き合いをお願いします。

目次

第二部　私からのメッセージ

第三部　「ありがとう」

第一部　私の半生

一　誕生から小学生まで

福井県は長く絹織物の産地として栄えてきました。気候と豊かな自然が織物に適していたようです。私の両親は織物職人で、自宅の隣の工場で、シルクやキルト生地などを作っていました。〝鶴の恩返し〟と言ったらイメージが湧くでしょうか？　カラリカラリ、パタンパタンと、織り機からのテンポのいい音が鳴り響く家でした。

そんな家に私が生まれたのは一九五六年のこと。九歳上に兄、六歳上には姉、私が末っ子です。

一歳半になったある秋の晩、私は突然、発作を起こしました。晩の八時にひきつけが出て、父親は慌てて近所の診療所の先生を呼びました。二人の先生がすぐに駆け付けてくれ、代わる代わる診てくれましたが、なかなか治まりませんでした。きっと夜分遅くなっても家が騒がしかったのでしょう。近所の人が様子を見に来ました。その人はたまたま福井県立病院に勤めていたため、事情を知ると「県立病院に連絡をとろう」とすぐに手配してくれ、私は救急車で県立病院の小児科に運ばれました。そうして、最初のひきつけから九時間後の朝方五時になって、やっと発作は止まりました。

てんかん自体はピラミッドの時代から存在する病気だと言われています。しかし、今のようにてんかんの研究や医療が進んでいたわけではないので、特別な検査もしませんでしたし、県立病院にてんかん専門の先生もいなかったので、すぐには原因は分からなかったようです。ただ、先生は両親に「今は落ち着いていますが、これからも発作を起こすことがあるでしょう」と告げたそうです。

とはいえ、発作が出なければ普段通りの生活ができます。周囲の子どもと同じように、早くから友達の中に入っていろいろと学んだ方が良いと両親は考えたのでしょう。三歳になると、私は保育園に行くようになりました。

この頃になると、おぼろげながら友達との〝違い〟を感じるようになりました。発作が生死にかかわるようなことになっては……と心配した親は、保育園の先生方に発作のことを伝えていたようです。特別扱いとまではいきませんが、先生方はいろいろな場面で私を気に掛けてくれたような記憶があります。今でもはっきり覚えているのは、お遊戯会で代表あいさつを任されたことです。「今日はよくいらっしゃいました。みんなのお遊戯がはじまりますので、ごゆっくりご覧ください」とあいさつをしました。はじめての大仕事だったので、私は一生懸命に練習したのだと思います。今でも一字一句忘れていません。そして卒園式でも大役を仰せつかりました。「在園生のみなさん、ありがとうございました」と締めの言葉を述べさせてもらいました。先生方は、私が発作に負けないようにと、こういったチャンスをくれたのではないかナーと思います。

小学校に上がる頃になると、私ははっきりと腹の痛みを感じるようになりました。「腹が痛い」「痛うて痛うて仕方ない」と親に訴えるようになり、発作で意識を失うことも頻繁に起きるようになりました。発作が起きると、立った状態から前にバタン！と倒れたりするわけですから、額や鼻に傷も多くできました。

この腹の痛みというのは〝発作の前兆〟なのですが、五十七歳になった今でも変わらず、みぞおちに現れます。腹が痛いといっても、食べ過ぎた飲み過ぎたという時の痛みとは違います。みぞおちがピクピクするというか、何とも言えない痛みです。その痛みがある線を越えると、意識を失って倒れてしまうのです。発作中はまったく目は見えないし、何も聞こえません。顔は紫色になるそうです。

小学生だった私は、「利信には、脳ミソが働き過ぎて起きるてんかんの病気があるんやざ」と教えられたことも、発作が起きることも、それほど気にはしていなかったのですが、大人の世界ではそうはいかなかったようです。母はだんだん私に「人様には〝てんかん〟だと話すな」と言うようになり、母自身も病院の先生や学校の先生以外の前では発作の話はしなくなっていきました。その頃はまだ〝てんかんには、頭にわらじをのせると良い〟なんて俗信のある時代です。今思えば、「話すな」と母が言ったことは苦しいながらも親心だったのだと分かりますが、当時は「なぜ、てんかんを隠すのだろう?」と不思議でなりませんでした。

母は外に向けてはこうした態度をとるものの、私の普段の生活を制限したりはしなかったので、興味を持ったことに積極的にかかわっていきました。いつどこで発作を起こすか分からないわけですから、物静かな子ども時代を過ごしたのだろうと想像するかもしれませんが、そんなことはありません。体は大きな方だったし、運動は大好きで得意でした。運動会ではリレーの代表選手もやらせてもらいました。歌も好きで、合唱団にも参加しました。普通の子どもと何ら変わらない生活だったと思います。

小学生の私が夢中になったことといえば、「生き物」です。家ではもっぱら動物や魚の図鑑を見て、時間があれば山や川に行きました。今でこそ大きな道路ができてしまいましたが、当時自宅は三方が山に囲まれ、少し下りれば九頭竜川もあるという、私にとって宝島のような自然溢れる場所でした。歳の近い男兄弟なら、一緒に昆虫を捕まえに山に入ったりするかもしれませんが、九つも違うと関心事も違ってしまうので、兄と一緒に遊びに出掛けた記憶はあまりありません。近所の友達と行く日もあったし、ひとりでも出掛けました。

春夏秋冬、季節ごとに遊び方は違います。春にはチョウチョウや鯉を捕まえます。鯉は春になると産卵のため浅瀬に上がってきます。なので、そこを狙うのです。冬は体がシュッと引き締まっているのですが、夏はドボーンドボーンと太った体で泳ぐので、素手で捕まえることもできるのです。そして梅雨が明けたころになると、近所のオジチャンが決まって「ナマズの季節だ、食べたいナァ」と言いました。そこで私は雨後を狙って川に行きました。ナマズを見つけると、水草が触れているくらいの感覚しかナマズに与えないようにしながら近づき、素手でクイッと捕まえます。そして、バケツに入れてオジチャンのところに届けると、すぐに蒲焼きにしてくれました。脂がのっていてコロッとした身は、ムツのような味で、「いやぁ、こんなに美味しいものがあるのか」と感動したことを今でも覚えています。

夏は朝早くカブトムシを採り、昼間は川で泳ぎました。実は、こんな事件もありました。一緒に川で泳いでいた五歳下のM君が、流れにのまれ溺れてしまったのです。「大人を呼びにいかなければ！」と思いましたが、その時私の足は自然と友達の方へ向かっていました。助けたい一心で懸命に手を差し出しました。夢中だったので、どうやって助け出したかまでは覚えていないのですが、どうにか友達を川から引っ張り上げました。「ハァ、ハァー」と息を荒くしながら「トシ、チャン、ありが、とう」と言う友達の姿を見たら嬉しくてたまりませんでしたが、全身からは、どっと力が抜け落ちていきました。危なっかしいこともありましたが、これも今となっては大切な思い出です。

秋になると、川ガニやトンボを捕まえました。山に栗を採りにも行きました。栗というと、地面に落ちたものや落ちたイガからこじ開けて集めると思うかもしれませんが、木に登って採るのが得意でした。柿の木の枝はポキンとすぐに折れてしまいますが、栗の木は柔軟性があるため、そう簡単には折れません。木の上で枝を揺らして、ぷっくり熟れた栗を落として拾いました。栗をカゴいっぱいに持ち帰ると、母に「申《さる》年《どし》だから利信は木登りが上手いんかナァ」とよく言われましたが、みなさんはどう思いますか？

そして冬は、スノータイヤを担いで川に行きました。寒い間、ナマズは群れで泥底にジッと集まって過ごす性質があるため、スノータイヤを仕掛けにして狙いました。

私が生き物好きだというのは、もちろん両親も知っていました。ある時山で遊んでいると、母が真っ青な顔で走ってきて、「青大将だ！　家にデッカな青大将がおる！」というので、青大将退治に一役買ったこともあります。どんな生き物も恐ろしいと思ったことはなく、やりたい放題捕まえました。しかし、今となれば「一寸の虫にも五分の魂」という言葉の重みも分かります。自然の場所で生かしてやるべきだったナァとも反省しています。

先日、母と庭で畑仕事をしていたときのことですが、カブトムシの幼虫がヒョコッと顔を出しました。「夏になったら、立派なカブトムシになった姿を見せてくれよ」と言って、土の中に入れてあげました。「子どものころだったら、箱に入れて飼って、サナギになるところや羽化するところを見ようとしただろう。僕も大人になったナァ」なんて思って一人で笑ってしまいました。

小学校ではどうだったかというと、ケンカ早く、所構わず物にあたってしまうこともしばしばでした。悪いことだと頭では分かっているのですが、手が出てしまうのです。そんな私を見かねたのか、職工産業会の旅行に行った父が、大きく〝忍耐〟と書かれたペン立てをお土産に買ってきてくれました。「これなんと読むの？」と私が聞くと、父は「〝にんたい〟」と言い、「それは何ざ？」と続けて聞くと、「耐え忍ぶこと。我慢することやぞ。利信には忍耐が足りん。短気はイカンぞ！」と言いました。兄や姉にどんなお土産を買ってきたのかは分かりませんが、手渡された〝忍耐〟の文字を見ながら「僕だって分かってるんや」と思いました。そして、八つ当たりしたくなっても、このペン立てだけは絶対に投げまいと誓いました。

五年生になってのことですが、心臓の病気が見つかりました。そうして、てんかんに加え、心臓病でも病院にかかるようになりました。その頃から「自分はずいぶんと病院に行くことが多いナァ。自分だけが、父チャン母チャンの手を煩わしているんじゃないか」と考えるようになりました。

兄姉は勉強もきちんとできるし、小学校を卒業するときには健康優良賞までもらってきました。親からしたらトントン拍子に育っている自慢の二人だったでしょう。それに、普通は子どもなんて衣食だけのお金で済むはずが、自分だけはてんかんだ、心臓病だと言ってお金がかかる……病院の受付で、薬を受け取りお金を払う親の後ろ姿を何度も何度も見ると、何とも言えない気持ちになるのでした。そうして「兄チャンと姉チャンだけの方が父チャン母チャンは楽なんじゃないか、自分はこの家にいない方がいいのかもしれない」と考えるようになっていきました。

その後心臓病の治療のため入院し、無事退院もできました。しかし、その思いが強くなってきて……退院後まもなく私は、自殺を図りました。家にあった刺身包丁で、腹を力の限り刺したのです。

台所にうずくまる私を見つけた父は、初めて発作を起こした時にお世話になった先生がいる診療所に私を担いで連れて行きました。血まみれの服の上から腹を押さえる私を見るなり先生は「何をするのか！　馬鹿者！」と大声で叱りつけました。

この時私は、「なんでこんなに怒るんだろう」くらいにしか思いませんでした。けれど、包丁を刺した痛み以上に、先生の怒った顔はなぜだかずっと忘れられませんでした。

六年生になると、近所の子どもたちの間で鳩を飼うブームがやってきました。一軒の家で鳩を飼いはじめたため、その影響で一気に広がったのです。私はもともと生き物が好きなので、欲しくて欲しくてたまりませんでした。そこで、「友達みんな鳩を飼うんやざ。僕も欲しい！」と父にせがみ、十羽飼えることになりました。

父は、二十リットルの缶を使って器用にチリトリを作るような人だったので、鳩小屋もすぐに作ってくれました。ガラス戸を四枚ピシッと建て、上下に板を張っただけの簡単なものでしたが、鳩の出入り口は網戸になっていて、外から小屋の中には戻れるけど、中からは勝手に出ることができない仕組みになっていました。日中は小屋から鳩を出してやり、夕方になると小屋に鳩を戻すようにしました。出入り口を鳩が通る度に、コトンコトンと網戸が鳴るのですが、その音を数えながら十羽入ったのを確認して、戸の鍵を閉めるのが私の日課になりました。

ある朝、いつものように鳩を庭に出してやろうと思い小屋に行くと、動きのおかしい鳩を見つけました。見ると、喉元が破れ、白い体は血だらけになっていました。「そうだ、晩に戸の鍵を閉め忘れた！」私はゾッとしました。そんな日に限って、野良猫が鳩小屋に行き、戸から手を入れ鳩を獲ろうとしたのでしょう。運悪くこの鳩が出入り口近くにいて、猫の爪で傷付けられてしまったようでした。

心配でそのままずっと見ていると、餌を食べても傷口からボロボロこぼれ落ちていきます。水を飲んでもすぅーっと溢れてしまいます。「栄養が体に入らなければ鳩は死んでしまう……」私は、その鳩の傷口を針と糸で縫い合わせてやることを思い付きました。病院に行くことが多かった私は、大きな傷口を〝縫う〟話を聞いたことがあったのです。可哀そうだとも思いましたが、これも鳩を生かすために必要なことなのだと、自分に言い聞かせました。

しかし、小屋から出そうと私が手を伸ばしても、警戒心が強く鳩は近づこうとしません。それでもどうにか小屋から出し、大きく開いた喉元を縫い合わせました。そうして仲間のところに戻してやりましたが、やはり動きは鈍いままでした。それから毎日、「生きたいと思わないと駄目だ！　傷口はくっつかんぞ！」と鳩に向かって言い続けました。

一週間経った頃でしょうか。傷口から餌がこぼれなくなりました。食べられるようになってからは回復も早く、ちょろちょろ漏れていた水も数日後にはまったく垂れなくなりました。そして、動き方もだんだん他の鳩と変わらなくなっていきました。一ヵ月後にはもう大丈夫と思えるほどに回復したため、糸を抜いてやることにしました。小屋から出そうと私が手を伸ばすと、驚いたことに今度は鳩から私に近付いてきたのです。鳩は、「助けてくれてありがとう。よろしくお願いします」と言っているかのように、喉元を私に向けました。

それからというもの、その一羽だけが妙に気になって仕方なくなりました。多い時には十六羽くらい飼っていたのですが、白や茶、モザイク……とそれぞれ柄が違うので、ちゃんと見分けることもできます。命を救う手伝いができたかと思うと、その一羽だけが特別に見えてしまうのです。ふと、自殺未遂した日に見た病院の先生の真剣な顔が頭に浮かびました。「そうか、僕がこの鳩を思う気持ちは、先生が僕を思ってくれた気持ちと同じなんだ。手をかけ救った命だから、元気になった姿が嬉しいんだ。父チャン母チャンも同じだろう。僕を生かすために、はじめて発作が起きた晩、診療所へ県立病院へと駆けまわってくれた。なのに僕は自分なんていない方がいいと思ってしまった……」こう気付かされ、自分がやったことは本当に間違っていたのだと思いました。それからというもの、自殺未遂したことは自分の心の中にしまい、人に話したりすることもなくなりました。

今も右の腹にはくっきり傷跡が残っています。子どもの頃友達と川で遊んだ時、社会人になり出張先で同僚と風呂に入った時など、腹の傷に気付かれ「その傷どした?」と尋ねられることもたびたびありました。すると私はいつでも「あぁこれ、盲腸の痕だ」と笑い流しました。本当は盲腸の位置よりだいぶ下なのですが……この傷に込められた大切な意味は、私だけが分かっていればいいのかナと思うのです。

二　中学・高校時代

中学一年生になると、前兆や発作で思うように学校に行けないことが増えていきました。そのことや前兆の痛みがストレスになっていったのか、短気に拍車がかかり……〝忍耐〟とは程遠い生活を送るようになってしまいました。

一年生の半分が過ぎた頃だったと思います。いつものように県立病院に検診に行くと、主治医から「神戸大学医学部附属病院にいってみてはどうだろうか」と提案されました。神戸大学医学部附属病院は、神経内科のほとんど全ての領域の治療ができる大病院で、てんかんの専門医もいるそうです。さらに聞いてみると、神戸大学医学部附属病院のてんかん専門医の中に、大学時代からの友人がいるということでした。先生同士で連絡を取って、私の治療について良い方法を考えていてくれたのです。それに、両親とも前もって話が進んでいたのです。私は、神戸で新たな治療を受けることに決めました。

同時に、大阪にある父の妹家族のところでお世話になることになりました。月に一回、診療のため大阪から神戸に通うのです。とはいえ、大阪―神戸も近いわけではありません。……父親と主治医の間なのか、父親と親戚の間なのかはわかりませんが、私の知らないところで何か話し合いがあったのかナとも思いました。

大阪の中学校では、もう一度一年生に入ることになりました。中学に上がってから勉強もほとんどしていなかったので、転校をきっかけにやり直した方がいいだろうということになったのです。

親戚の家には、家族五人が住んでいました。オジチャンは「自分の家だと思って暮らすんだぞ」と言ってくれましたが、「親戚といえども、他人様の家で飯を食わせてもらうのだ。父チャン母チャンと一緒にいるときのような好き勝手は許されないぞ」と自分の気持ちを引き締めました。

実際に生活がはじまると、一年生からやり直すことや好き勝手できないことよりもつらいことがありました。ちょっとしたことで、オバチャンが我が子と私を差別するのを感じずにはいられないのです。朝食ひとつとっても、嫌でも違いが見えてしまう。オバチャンといとこがコソコソ話す様子から、弁当に違いがあることが分かってしまう……。自分の腹を痛めて産んだ子どもだから〝ひいき〟するのも仕方ないと思いながらも、親元を離れている寂しさも深くなってしまい、ひがむ気持ちが出ていました。飯を食わしてもらっているんだと感謝する気持ちもあるのですが、「オバチャン、どうしてそんなことするんや！」と心の中で叫びました。「差別というのは、誰に対してもしたらあかんのやざ」と訴え、差別を受ける方がどんな気持ちになるか、オバチャンに気付いてほしいとずっとずっと思い続けました。

そんな生活が続いたこともあり、福井に帰る日が待ち遠しくてなりませんでした。福井―大阪間は当時在来線だと二時間半かかりましたが、福井から大阪に向かう時はあっという間に過ぎてしまいました。けれど福井に戻るとなると、二時間半が長くて長くて仕方ありませんでした。「まだ着かないのかナー」と一駅一駅数えながら帰ったものです。また、治療のためとはいえ、両親も中学生の子どもを手放すのはつらかったようです。親戚のところに「元気でやっとるんか」と、よく電話がかかってきました。心配かけまいと思い「元気だ」とそっけなく返しましたが、電話が鳴る音が聞こえるたび、本当は「父チャンかな？　母チャンかな？」とワクワクしたものです。

こうして二年間、自分を押し殺しながら親戚の家で過ごしました。毎日、「つらい道を歩まんと、前には進まんのやろ」と自分に言い聞かせました。けれど、この生活のおかげで短気が直って辛抱強く変われたのは間違いなく、良かったと感謝しています。今となっては、これが両親や先生の狙いだったのかナー、とも思います。

そして中学三年になると、親戚の家を出て、兄と暮らすことになりました。大学を卒業し働き出した兄が、たまたま大阪に住むことになったので、「自分のことは自分で全部するから兄チャンと住まわせてくれ」と頼んだのです。

それからは、自炊の日々がはじまりました。学校帰りにはスーパーに寄るのが日課になり、晩御飯、翌日の朝御飯、それから弁当の献立を考えながら買い物をしました。もちろん朝も自分で起きなくてはいけません。寝る前には必ずテレビのタイマーを六時にセットし目覚まし代わりにしました。同時に、炊飯器のタイマーも忘れずセットしました。

朝はテレビの音で起床すると、まずは洗顔。そして、弁当のおかずと朝御飯を作っているとご飯が炊き上がり、それが七時の合図です。米が炊ける頃になると台所いっぱいに湯気が広がるのですが、その香りは何度嗅いでも気持ち良い！「さぁ今日も一日頑張ろう」と元気が湧いてくるようでした。そして学校で弁当を食べる時は、自分が作ったものですから、米一粒たりとも残さず食べました。残して帰るのは、鮭の骨くらいです。だから家で弁当箱を洗うのも清々しいものでした。洗濯は、土日祝祭日にまとめて済ませました。はじめは面倒だと思うこともありましたが、そのうちコツが掴めると、シャツ一枚でも袖と袖をキッカリ合わせてピシャッと畳まないと気が済まないようになりました。

今になって中学時代の三年間を振り返れば、良いことはたくさんあったと思えます。まず、専門の治療が受けられるようになったことです。神戸大学医学部附属病院では、新しい薬を処方されました。考えてみると、それまで飲んでいた薬はてんかん専門の薬ではなかったのだと思います。専門薬にしてからはずいぶん発作は減り、不安も安らぎました。ただ、お通じが悪くなってしまったのは今でも悩みです。そして、環境を変えたことは、精神的な面を成長させてくれたと思います。それまでは前兆の痛みを八つ当たりで発散することもありましたが、規則正しい生活を送る中で、前兆が出ているナァと思ってもリズムを崩さないように行動すると、前兆ともうまく付き合えるのだと気付きました。腹が痛いと思ってしまえば、気持ちはそこに向かっていきます。寝込んでしまいたくもなります。「病は気から」ではありませんが、規則正しい生活を送ると気を紛らわすこともできると知りました。

てんかんは、残念ながら簡単に治る病気ではありません。ですから、長い人生病気とずっと付き合っていく心構えがなくてはなりません。この三年間は、そんな心構えを作ってくれたように思います。医学的な治療だけがてんかんの治療だとは思いません。たとえ遠回りでもいろんな経験をすることは「治療」になるのではないでしょうか？　みなさんはどう思いますか？

その後高校は、地元福井に戻りました。分かってはいたものの、元々の同級生が一学年上にいることに、やはりもどかしい気持ちもありました。とはいえ、私についたケンカ早い印象が残っていたからか、からかってくる人もいないし、学科が多い高校で人数も多かったので、通っているうちに気にならなくなりました。

その高校では男子は柔道か剣道をやる決まりがあったので、体の柔らかさを活かせればと思い、私は柔道をやることにしました。自分で言うのもなんですが、なかなか良い筋をしていたのではないかと思います。そして勉強は、倫理社会に興味を持ちました。数学はX＝5など答えが一つに決まっていますが、倫理社会には考える自由があります。物心ついた時から前兆や発作とともに歩んできたし、中学校時代の環境のせいでしょうか、私にとって、道徳や昔の哲学者の言葉の意味を考えるのは、とても興味深いものでした。けれど、それが先生と何度もぶつかるきっかけにもなってしまい……卒業を目前に中退してしまいました。

漢字や熟語、英単語一つにしても、スラスラ使いこなす兄姉をうらやましく思うことがあります。「いろんな言葉を知っていれば、自分の言いたいことをもっと上手く伝えられるだろうナー」と思うこともあり、きちんと勉強しておけば良かったという後悔はあります。ただ、学生時代、私は、私らしく病気と向き合った生活を送りました。それが私に合った〝勉強〟だったのではないでしょうか?

三 デパート勤務時代

高校を辞めてからは、家業の織物づくりを手伝うようになりました。この頃、自宅の工場では従業員を六～七人雇って、織り機も輸入するなどしていて、なかなか盛り上がっていました。織物を手伝う……といっても、実際に糸を紡いだり、織るのは一日やそこらでできるものではありません。なので私は力仕事を手伝いました。鉄の芯に糸を巻き付けると最終的には百キロにもなります。それを肩に載せて運んだりしました。

両親の手伝いができるのは嬉しいことでしたが、徐々に「将来どうしようかナァ」と考えるようになりました。自分にはどんなことができるかと考えてみると、大阪のオジチャンにマッサージをすると「利信はマッサージがうまい！」といつも褒めてくれ、とても嬉しかったことを思い出しました。「人に喜んでもらえるのはいいナァ。指圧マッサージの学校に行って専門的に学んで、将来の仕事にしたい」と思うようになりました。しかし、親に金銭面の負担はかけたくありません。学校に行くためのお金を貯めるためにまずはアルバイトをしようと決めました。それから間もなくして、福井駅近くのデパート「だるま屋」でアルバイトの募集をしているのを見つけました。このデパートは福井にできた最初のデパートで、いつも多くの人で賑わっていましたが、さらに西武百貨店と業務提携するなどして、勢いを増していました。家から電車で十五分程度のところにあるし、応募してみることにしました。

めでたく採用となり、六階の陶器金物売り場で働きだしました。しかし、二ヵ月経った頃でしょうか、「金物売り場の仕事はもう一段落した。一階の食品売り場をやってみないか」と人事課の方に言われました。食品売り場の仕事とは、珍味や塩辛などの試食販売と量り売りをするというものでした。「これもご縁なのかナー」と思い、食品売り場の仕事をやってみることにしました。

実際に売り場に立ってみると、陶器金物を売るよりおもしろい仕事でした。接客次第で、お客さんの反応が違うのです。なのでどんどん自分なりに工夫してみました。試食販売では、お客さんに興味を持ってもらうことが第一歩です。「どうですか、どうでしょうか」と一方的に押してはいけません。「良かったら食べてみてくださーい」と言葉を変えるだけでお客さんは足を止めてくれるのです。そして、たくさん買ってもらうためのポイントも見つけました。お客さんが何か一品購入を決めたら、そこですぐにお会計に移ります。お会計しながら「これも美味しいですよ。食べてみませんか?」と他の品を勧めてみます。すると、「あら美味しい。これも買うわ。ごめんね、包み直してくれる?」とお客さんは言ってくれるのです。

こうして、自分でいろいろと試しながら、できる限り頑張ってみました。すると、他の販売員に「いいなぁ、どうしてそんなに売れるんだ?」と言われることが増えていきました。販売員ごとに売上が見える仕事ですが、アルバイトということもあり、〝数字〟のことを気にしたり気負ったりすることもなかったので、それが良かったのかもしれません。しかし、もともと指圧マッサージの学校に行くためにと思ってはじめたアルバイトですから、それほど長く続けるつもりはありませんでした。けれど、気付くと二十歳になっていました。

　ある時社長から「金沢の大和デパートに常勤で出てほしい」と話をもらいました。大和デパートは北陸地方を基盤にする大百貨店です。ご縁ではじめた仕事ですが、これまで頑張ってきたし遣り甲斐もあります。ここはもう少し頑張ってみようと社長の話を受けることを決意しました。ただ、常勤となれば「てんかん」だときちんと話すべきだろうとも考え、社長に「私にはてんかんという病気があります。病院にもかかって薬を服用しています。それでも大和デパートに行けますか?」と尋ねました。正直なところ、「てんかんのことを話してダメと言われればそれまでだ。こればっかりは仕方ない」と覚悟もしていました。けれど社長は驚くこともないし、まったく気にする様子もなく「うちに下宿しなさい。毎週火曜の晩に福井に帰って、木曜の朝、金沢に戻ってくればいい」と言ってくれました。ありがたく、社長宅に下宿させてもらうことにしました。

　金沢の社長宅には、社長夫婦、子ども二人、おじいちゃん、おばあちゃんの六人がいて、朝晩食事を一緒にし、洗濯・風呂も用意してくれました。寝起きには庭のプレハブ小屋の二階を使わせてもらうことになりました。そしてデパートでは、子持イカやういろを売りました。ういろは老舗人気店のものだったので、売り場は毎日たくさんのお客さんで賑わいました。小倉・さくら・白・抹茶……豊富な種類から、「甘いものが好き」「手土産に」など、お客さんの要望に合わせて勧めました。「この間のういろ、美味しかったわ」と言って、同じお客さんが買いに来てくれるのはとても嬉しいものでした。また、会社の同僚たちにも恵まれ、とてもよい環境で働かせてもらいました。ですから、成人式に休みをもらった以外は休みも取らず、真面目に勤めました。

そんな順調な毎日が続いていたのですが……ある朝、朝食に向かおうと、プレハブ小屋の外階段を下りていた時のことです。二段目を下りたところまでは覚えているのですが、三段目以降の記憶がないのです。気付いたときには地面に寝ていて、プレハブ横に停められていた車の下に頭がありました。どう落ちたかも分かりませんでしたが、脚や腕に打ち身の痕があり、痛みもありました。久々に発作が起きてしまったのだと分かりました。しかし、発作で転げ落ちたことは自分しか知りませんし、「これくらい大丈夫だろう?」と思いました。なので、普段通り「おはようございます」と社長宅へ行き、朝食を済ませて仕事に向かいました。けれど、「大丈夫」と思ったのが甘かったのです。仕事がはじまって数時間しか経っていない正午前、私はまた発作を起こし、売り場で意識を失ってしまいました。

意識が戻った時には病院のベッドの上にいました。救急車でここまで運ばれたということでした。付き添ってくれた会社の人に「すみませんでした。ありがとうございます」とお礼を言いました。でも、この時私は、「やっぱりかぁ……」という気持ちになっていました。この日、発作を繰り返しても仕方ないことをわかっていたのです。実は、前日の昼だったか、夜だったかはっきりと覚えていないのですが、一回薬の服用を忘れてしまいました。次の火曜の晩に福井に帰ったら、水曜日にはしっかり病院に行って先生に服用を忘れたことを報告しようと思っていたのですが、発作は起きてしまいました。私たちてんかん患者にとっては〝たった一錠、されど一錠〟なのです。自分の甘さが引き起こした発作であり、それで社長や会社の人に迷惑をかけてしまったと思うと、悔しさを感じずにはいられませんでした。

それからしばらくして、全国のデパートを回るようになりました。デパートの催事場で物産展をやっているのをみなさん一度くらいは見たことがあると思いますが、私はあの仕事をするようになりました。今はインターネットで遠い地方の特産品なども買える時代ですが、当時物産展と言えば一大イベント。本当に多くのお客さんが集まりました。なので私たち販売員にとっては、腕の見せ所でもありました。デパートまでの移動には車を使うことが多くありました。運転免許を持っていない私は「いつも悪いね、ありがとう」と言って、毎回仲間の車に乗せてもらいました。そうして、静岡や熊本、大阪、北海道など全国いろいろなところに行きました。今ではデパートの紙袋や包装紙を見ればどこのデパートなのかも分かるくらい、たくさんのデパートを回りました。

県外の物産展に行くときには、数日間泊りになったため、毎週火曜日の晩に福井に帰る予定が駄目になってしまう週も出るようになってきました。なので、金沢の病院でもてんかんの専門薬をもらえるようにしました。出張のときには、何日間なのか、延長はあるかと会社に必ず確認しました。そして、薬の数をきっちり数えて持っていきました。余計にたっぷり持っていけば良いじゃないかと思う方もいるかもしれませんが、服用回数と薬の数を揃えておけば、万が一飲み忘れてしまったときには数がズレるので、すぐに気付くことができます。薬を数えて袋に番号を書き入れ、持っていきました。

時には、物産展から物産展へ、急きょ次のデパートに移動しなければいけないこともありました。そんな時には病院に電話し「特に変わったことはありません」と先生に報告し、追加分の薬を用意してもらいました。すると、会社の方が病院に薬をもらいにいってくれ、次の出張先に送る荷物と一緒に薬を送ってくれました。会社も社員も、てんかんという病気を理解してくれ、私の力になってくれました。改めて考えてみても、これほど理解のある仲間に出会え、遣り甲斐のある仕事をさせてもらえたことはずいぶん恵まれていたと思います。「ありがとうございます」の一言に尽きるナァ。今でも感謝の気持ちでいっぱいです。

大阪の阪神百貨店に行った時のことです。「そうだ、せっかく近くまで来たのだから、親戚のところへ顔を出さねば」と思い付きました。オジチャンオバチャンには中学の二年間大変お世話になりましたが、苦い思い出もあります。「昔のことは水に流し、頑張っている姿を見てもらおう」と思い、電話をしてから向かいました。家に着くと、みんな揃って喜んで私を迎えてくれました。自分の子ども、いや、それ以上に可愛いと思って迎えてくれているようでした。オバチャンはすぐにお茶を出してくれ、「仕事はどうだ？　体は良いのか？」とたくさん私に話し掛けてきました。言葉では言われていませんが、オバチャンは「あの時はゴメンな。許してくれよナァ」と言っているようでもあり、恥ずかしいやら、嬉しいやら……喉にずっと引っ掛かっていた魚の小骨がスッと取れた時のような気分になりました。

オバチャンが私にこうやって接してきてくれたのは、オバチャンが〝差別は人を傷つける〟と気付いたからではないでしょうか？　オバチャンがこのことに気付いてくれたなら、私は嬉しい限りです。あの頃の寂しさや悲しみも無駄ではなかったと思えます。

その後、実家にオバチャンから電話があると、いつも「僕にも話させてくれ」と言って、オバチャンと世間話をしたものです。今は亡きオバチャンですが、私にとって大切な人の一人です。

　デパート回りがはじまってから私は、印刷されていない広告の裏面を使って、体調管理をはじめました。忙しい仕事を任せられるようになり、「できる限り職場に迷惑を掛けないようにするのは当たり前のことだ。上手にてんかんと付き合っていこう」という気持ちが強くなっていったのです。そこで広告の裏面に体調について気になったことを書き留めるようにしていきました。それで、病院に行くときに必ず広告を持っていき、先生に見てもらいました。そうすると、先生と会わない間の体調も伝えることができるので、いろいろと相談がしやすくなりました。その後、根気強く続けました。一年、二年、三年と続けていくと、毎年春と秋、季節の変わり目に発作が出やすいこと、雨の日、曇りの日に前兆が出やすいことが分かりました。朝から前兆が多少出ている日や「今日は危ないな」と思う日は、仕事の休憩時間を使って気分転換を心掛けるようにしました。こうして体調管理を意識するようになってからは、薬の飲み忘れもなくなり、仕事に支障をきたすような発作が減ったようにも思います。

今、私は「病気にコントロールされるのではなく、自分が病気をコントロールする」

という心構えを大切にしているのですが、この頃にこの心構えの土台ができ上がっていったのだと思います。

現在はカレンダーに変え記録を続けているのですが、それ以外に電子手帳にも記録を残しています。出張でたまたま行った浜松のデパートで、蒲鉾売り場の販売員と意気投合しました。その子が誕生日祝いに小型の電子手帳をくれたのです。辞書としても使えますが、メモ機能があったので、それからは、出張先と泊まる予定の旅館の住所、発作が起きた時の状況や気持ちなどをササッと記録するようになりました。

ちょっと話が横道にそれるのですが……今使っている電子手帳は二代目で、これは福井西武で自分で買ったものです。いつも、母が作ってくれたカバーに入れて持ち歩いています。母は編み物が得意で、これまで何着もセーターを編んでくれたのですが、それを冬しか着られないことを寂しく思っていました。そこで、年中持ち歩く電子手帳用にカバーを作ってもらうことを思い付きました。指先を使う仕事は母の体にも良いことなので、さっそくお願いしました。すると、昔、家で作ったキルト生地の端切れを集めて作ってくれました。留め口がマジックテープになっていて、とても使いやすいです。目も悪くなってきているのに、さすがだナァと思いました。細かな作業をしてくれ、感謝、感謝。一生大切に使っていこうと思っています。

　さて、話を戻します。「日本てんかん協会」に入ったのもこの頃です。金沢の病院でてんかん協会の存在を知りました。てんかんに対する理解を広めたり、当事者同士で交流したり、当事者が抱える悩みや不便の解決を目指し全国的にさまざまな運動を展開していると聞き、興味を持ちました。「福井にも支部があるよ」と教えてもらったので、そこに入ることにしました。てんかん協会は別名「波の会」とも言うのですが、これは、私たち患者の体調には〝波〟があることや、協会の活動が全国津々浦々に〝波〟のように広がっていくことを願う気持ちを表しているそうです。私は「ずいぶんと上手いこと名付けたナァ」と思っていて、波の会という呼び名を気に入っています。

　今になって思うのですが、三十代半ばくらいから、なぜ自分がてんかんを持って生まれてきたか、噛みくだいて考えられるようになっていったように思います。これというー一つの答えは出なくても、「病気を恨んでもはじまらない。これまでてんかんと一緒に積み上げてきた僕の歴史だ。これからも焦らず、生きていけばいいんだ」という気持ちになっていったように思います。

そして三十六歳になったとき、静岡への出張が入りました。当時、駅前だけでも大きなデパートが四軒もあったので、特に静岡へ出張する機会は多かったように思います。そんなこともあり、毎回同じ旅館に泊まっていました。朝晩食事付きで、そこにはいろいろと良くしてくれる歳取ったオバチャンがいました。

私は毎食後に薬を服用するため、そのオバチャンにはてんかんがあると伝えておきました。だからその日も、「体調どうだ?」と気に掛けてくれました。そして「静岡にはてんかん専門の病院があるで、行ったらいいのに。うちの旅館に泊まって治療に行く人もいるんやざ。でも、紹介状がないと駄目やざ」と教えてくれました。オバチャンは「手術をして良くなった人もたくさんいるんやざ」とも言いました。そうやって気に掛けてもらえるのは、とても嬉しかったです。けれど、私はこの時すでに三十六歳。ここまでてんかんとともに生きてきて、もうこれからは折り返しの人生です。頭の中では『おゆき』の歌を思い出していました。「持って生まれた運命《さだめ》まで変えることなどできないと〜」その歌詞が胸にグサーッと突き刺さるようでした。それからというもの、何が良い選択なのか分からない気持ちも出てきてしまい……歌詞を思い出しては涙をこぼしてしまいました。

その後、三十九歳になった頃、愛知の豊橋西武に出張することになりました。この時は、地下でういろの実演販売を任されました。

閉店時間まであと二分、百貨店の人たちと談笑していた時のことです。私も普段通りに話に加わっていたのですが、このとき強い前兆が出ていて、懸命に堪えていました。しかし話しているうちに腹の痛みは一気に強くなり、発作を起こしてしまいました。突然意識を失ってけいれんし始めた私を見て、どうにかしないといけないと思ったのでしょうか。催事担当の人が私を押さえ付けようと手を出したようでした。しかし、私は抵抗してしまい、無意識のままその人を殴ってしまったのです。それから、近くに並べられていた売り物の箸も周囲に投げ付けてしまいました。

意識が戻ると、私の近くに警備員がいて、散らばった箸を拾ったり、棚を揃えたりしていました。警備員から、私が人を殴ってしまい、その人は救急車で病院に運ばれていったと聞かされました。周囲の様子からも、自分がひどく暴れてしまったことが想像できました。「なんてことをしてしまったんだ」と申し訳ない思いでいっぱいになりました。

次の日、私が殴ってしまった催事担当の人は、頭を五針も縫うケガになってしまったと聞かされました。許してもらえないことは百も承知ですが、一度顔を見て直接謝りたいと思いました。けれど、この発作をきっかけに仕事を辞めざるを得なくなり、謝りに行くことはかないませんでした。

発作は突然起こるので原因は分かりませんが、この時の発作は、閉店時間が近くなり気が緩んでしまったことが影響していたかもしれないと、後になってから自分なりに考えました。

それから十年以上経ってからのことですが、福井駅前の西武デパートでアルバイトをさせてもらうようになってから、私が殴ってしまった人が今、池袋西武にいるという話を聞きました。知り合いだという人に当時のことと、私の気持ちを伝え、こんな訳でくれぐれもよろしく伝えてくださいと頼みました。その人は「気にしないでくださいい。分かっていますよ」と言ってくださったそうです。それでも、今も顔を見て謝りたい心境は変わりません。

前兆や発作の身体的、精神的なつらさは言うまでもありませんが、自分の知らないうちにお世話になっている人や大切に思う人を傷つけてしまうのは本当につらいことです。「折り返しの人生、てんかんと一緒に頑張っていこう」と思った矢先の出来事だっただけに、消化しきれない思いがたくさん湧き出てきてしまいました。病気を恨んでも仕方ない。けれど、「どうして僕は……」という思いを消し去ることができませんでした。

四　デパート退社後

デパートを辞めることになり、長年勤めた食品販売の仕事から離れると……なんだか空っぽのような毎日になってしまいました。それに、人を殴って辞めざるを得なくなったと思うと、やるせなくて仕方ありませんでした。そんなことを考えながら過ごしていましたが、親戚が「うちの工場に仕事に来ないか」と声を掛けてくれました。工場の仕事はこれまでの仕事とまったく違うため、「できるかナー？」と心配もありましたが、勤めさせてもらうことにしました。

しばらく勤めた頃でしょうか、仕事場から自宅に帰る途中に、不思議な発作を起こしました。帰り道には大きな国道があって、自転車で橋を渡る必要があるのですが、国道を移動中に発作を起こしてしまったのです。意識が揺らいでいったことまではなんとなく覚えているのですが、その後の記憶はまったくありません。なのに、意識が戻った時、私は道路反対側の河原に下り、うずくまっていたのです。「どうしてここにいるんだ？」と、不思議でなりませんでした。「耳は聞こえないし、目は見えないというのにどうやって道路を渡ったんだ？　事故にあってもおかしくないはずなのに、無意識の中でも自分の命を守る力はしっかり働くのか？」と疑問が次々と湧いてきました。

その後、工場での作業中にも発作を起こしてしまいました。そのままでは危ないと思ったのでしょう。おばさんが善意で私を押さえ付けたのでしょうか？　それが原因で、私はおばさんを殴ってしまったのです。実は、この時も不思議なことが起きていました。いつもはまったく意識がなく、目も見えないのですが、この時だけは目が見えたのです。おばさんを殴る自分の姿が見えて「殴ってはいけない。あー殴ってはいけないのに」と自分に言い聞かせるのですが、手が止まってくれませんでした。そして、ほっぺた、胸、腹、脚とあらゆるところを殴ってしまいました。知らないうちに人を傷つけてしまうのもつらいことですが、自分が人を傷つけていることを分かっているのに自分の手を止められないことも、とても苦しいものでした。

あとになって一部始終を見ていた人に聞いたのですが、発作の時、私は黒目が少し出ていたそうです。いつもの発作では、白目になり目は全く見えません。目が見える発作はこれが最初で最後でした。

この二回の不思議な発作は、環境が変わったことが関係あるのかもしれないと自分なりに考えています。もう二十年くらい販売の仕事をさせてもらい、毎日たくさんの人と活発に話をしていました。けれど、工場勤めがはじまってからは人と話す機会がだいぶ減ってしまいました。私にとって、人と話すことや交流することは、心のバランスを保つことになるのかもしれません。医学で分かる発作ではなく、心に関係した発作だったのかもしれないと思うのです。

「二度あることは三度ある」と言いますが、悪いことがつながってしまいました。今度は自宅で発作を起こしてしまいました。両親と三人で夕飯を食べている最中のことでした。私を横にさせようと考え、両親が隣の畳の部屋に連れて行ってくれたところまでは良かったのですが……母が良かれと思って私に枕をしてくれたことがきっかけか、私は暴れ出し、両親を殴ってしまったのです。

父の右腕の骨を折り、額にも二ヵ所大きな傷を作ってしまいました。母のこともひどく殴ってしまい、左目のあたりが紫色に大きく腫れ上がってしまいました。次の日には右目まで腫れ上がりました。「父チャン、母チャンにまでこんなことをしてしまうなんて……」自分が情けなくて仕方ありませんでした。

この時の感情を、私は電子手帳に残しています。そこには「なんでや！　なんでや！　なんで僕はこんなことしてしもうたんや！　誰か教えてくれ、夢の中でもいい……教えてほしい」とあります。読み返すと今でも涙が出ます。そして、「こんなことを起こしてしもうても、父チャンも母チャンも決して僕を見捨てない」こんな気持ちが湧いてきて、つらさや苦しさが何倍にも膨れてしまうのです。

五　手術

ここ数年で症状が重くなっているのではないかと心配した両親は、神戸大学医学部附属病院の先生に「どこか良い病院はありませんか?」と尋ねたようでした。発作が立て続けに起きたあと、両親から静岡東病院（現：静岡てんかん・神経医療センター）の話を聞かされました。「ここで脳の外科手術を受けよう」と父親が突然言いました。続けて母が、「静岡東病院には有名なてんかん専門の先生方がいるから、全国から患者が集まっているんだ。待たないと入院できないと言うけど、一度行ってみよう」と言いました。発作を繰り返し経験すると、さらに発作を起こしやすくなるため発作はできる限り減らすことが大切だと説明を受け、私の場合は薬で発作を抑えるのは限界があるため、「外科手術を考えてみては?」と言われたそうです。そして、静岡東病院で手術ができることを聞いてきたということでした。私は「ついに病院の存在を知られてしまったかー」と思い、複雑な心境でした。良い病院だということは自分も分かっています。けれど、すぐに頷くことはできませんでした。なぜなら、「いまさら……」という気持ちや「てんかんは自分の運命《さだめ》だ」という思い、「治ったらどんな生活ができるのだろう」……いろんな気持ちが一気に渦巻いてしまったのです。だから、少し時間をもらうことにしました。

改めて考えてみると、発作から意識が戻ると、自分の人生の一部を持ち去られてしまったような侘しさをいつも感じるように思いました。一生懸命病気と付き合おうとしても、病気は言うことを聞いてくれないのです。それに、割り切ってはいても、私から去っていく人を見たり、自分から関係を絶たなければならなくなったりすると、なんとも言えない気持ちになるのでした。「手術をしたら、こういったこともなくなるんだろうか」と考えました。いろいろなことを思い出していくと、手術をしてみたいという気持ちも少し出てきました。そして、両親の気持ちもありがたく思えてきました。「親からしたら、僕は何歳になろうと子どもなんだナァ。どうにかして治してあげたい、とずっと思ってくれていたんかナァ」という気がしてきて、嬉しくなりました。私は、両親の思いを素直に受け入れようと決心しました。そして、「実は静岡に出張したときに、旅館のオバチャンからてんかん専門の病院があるって話は聞いていたんだよ」と両親に打ち明け、病院へ行くことにしました。

静岡東病院の先生は「なぜ今まで放っておいたんですか？　手術をすれば治る可能性があるんですよ」と言われました。続けて、「『治る』といっても、てんかんそのものが治るわけではなくて、外科手術は『発作を止めるための治療』の一つだと考えてください。それから、てんかんには種類があって、手術できるものとできないものがある。手術をしても発作が良くならない場合もあることを最初にお伝えしておきます」と説明してくれました。そして「まずは、脳のどこが異常な働きをしているのかをはっきりさせなければなりません。そのための入院からはじめましょう」と言いました。手術できる可能性が百パーセントではないことを、この時はじめて知りました。けれど、両親と相談し手術を受ける準備を進めることにしました。私はこの時四十二歳でした。

　しばらく待ってから入院したのですが、私が病院で受けた第一印象は「私たち患者と第三者の間には大きく厚い壁がある」ということでした。当たり前ですが、病院内では「てんかん」という病気が理解されています。先生、看護師さんは言うまでもなく、事務員さんも正しく理解してくれています。だから発作が起きても変な目で見ないし、むしろ、発作が起きることは当然のことであって、発作の症状が十人十色であることも理解してくれています。一般社会とはかけ離れたそんな様子を見ていたら、「ここはてんかん患者の世界ではないだろうか」と感じました。私自身はこれまで、一般社会でもてんかんをそれ程意識せず、親しい人には「てんかんという病気があるから、意識を失う発作を起こすことがあります。けど、放っておいてください。見て見ぬふりで十分ですから」とよく言ったものでした。ただ、てんかんだとオープンにすることは、下手をすれば、自分から相手に色眼鏡を渡してしまうことにもなり得ます。それを恐れ、患者が限られた世界でしか自分のてんかんを公表したくないと思う気持ちもわかります。けれど、私たち患者が自分たちの気持ちや病気に関する正しい知識をしっかり言葉で外に向けて発信しなくなった結果、生きやすい世界と生きにくい世界を自分たちで作ってきてしまったのではないか、と考えさせられました。

さっそく検査がはじまりました。一番重要な情報は「脳波」で、脳波を記録すると発作が脳のどこから来るのかを調べられるそうです。一言で脳波といっても、普段の時と発作が起きている時両方の記録が必要ということでした。とはいえ、発作はいつ起こるかわかりません。「そううまく脳波を記録できるのかな?」と思いましたが、検査室ではいろいろな作業があって、半日から数日でほとんどの患者が発作中の脳波の記録に成功するそうです。それから、寝ている時の脳波も記録するということでした。「夢の中身もわかったりするのかなー」と考えたりもしましたが、それはばっかりはわからないそうで、少し残念に思えました。同時にビデオ撮影もします。発作中に手や脚、顔がどうなるかも調べるのです。ここでしっかり原因が特定されると手術準備に入ります。入院生活ですから、受けないといけない検査はてんこもりです。でも、当時は土日祝祭日は外出も許可されました。主治医に許可をもらう、もしもの発作に備えて三人以上のグループで出掛けるなどの決まりごとをクリアすれば許可が下ります。病院の近くには商店街があったのですが、はじめて出掛けるときは探検のような気分になれたし、気持ちがリフレッシュするのでなかなか楽しいものでした。

私が診断されたのは「側頭葉てんかん」で、「難治性てんかん」の代表的なものということでした。てんかんは、原因も発症する年齢も人それぞれだし、種類も多くありますが、その中で、自分に合った薬を決められた通りに飲んでも発作を抑えきれず、日常生活にたびたび問題が出てしまうものを難治性てんかんと呼ぶそうです。また、難治性てんかんには外科手術が適していて、特に側頭葉てんかんは最も多く手術が行われているそうです。基本的な手術は、側頭葉の前のほうを切除する方法ということでした。なんとなく想像してはいたものの、改めて「脳の一部を切る」と聞くと、痛そうだナと思い、背中がゾクゾクッとしました。

その他にも「自動症」についての説明も受けました。自動症は側頭葉てんかんの発作時に起きやすく、本人が自覚のないままに無意識に行動することを言うそうです。口や舌をペチャペチャ動かす他、「はい、はい」など言葉を繰り返したり、歩き出したりすることがあるそうです。動いているため、周囲から見ると「意識があるのでは？」と思われますが、患者は発作中のことは全く覚えていません。私が親戚の工場に勤めていた時の帰り道に経験した発作が自動症と呼ばれる症状ではないだろうか、と思いました。

私はすぐに側頭葉てんかんと診断され、無事手術を受けられることになり本当に恵まれていると思えましたが、そうトントン拍子に行かない患者もいます。通常の脳波検査から発作が脳のどこから来るのか分からない場合、もっと細かな検査が必要になります。この検査を受けることになった患者に話を聞いてみたのですが、「これから頭の中に機械をつけて、ベッドに寝たままでいないといけないんだよ」と言うのです。これは聞いているだけでも痛そうだし大変そうだと思いました。聞くと、脳に直接電極を埋め込む簡単な手術をするということでした。通常の脳波検査は、頭皮上に電極を貼るため、脳の深い部分で起きている脳波の異常を記録できません。でも電極を埋め込むと小さな異常も記録できるそうです。もちろんビデオテープでも録画されます。必要なことだと分かりますが、トイレなども不便そうだし、つらいなぁと思ってしまいました。「こんな思いをしてるんや。大丈夫、きっちり原因が突き止められて、手術できますよ」と私は声を掛けました。

その他にも、たくさんの入院患者を見ました。食事は広い食堂でおのおの取るのですが、ある日の食事中、発作で座っていた椅子からバターンと落ちてしまった患者がいました。その衝撃で味噌汁や御飯も散らばってしまうほどで、私から見ても、ずいぶんと症状が重いことがわかりました。広い食堂なので、たくさんの患者がその様子を見ました。その患者はみんなの前で発作を起こしてしまったことが恥ずかしかったのか、それからは患者同士の交流も避け、入院中も部屋からほとんど出て来なくなってしまいました。けれど、手術後は見違えるようでした。「術後は前兆もなくなったよ！」と嬉しそうに周囲の患者に話し、明るく活発に過ごしていました。その変わり様を見ていると「地獄から天国か、良くなってよかったなぁ」と思えて、私も嬉しくなりました。一方で、手術をしても期待したほど良くならなくて涙を流している患者もいました。手術後に発作が起きてしまったことが悔しかったのでしょう。洗面所の一番端で顔を真っ赤にして一人で泣いていました。薬で発作を止められない患者にとって、手術はてんかん治療の最後の砦とも言えます。ですから、手術をもってしても発作を抑えられないとなれば、それに望みを託していた患者の失望は計り知ることができません。何か力になるような言葉を掛けたいと思ったのですが、どんな言葉が力になるのか、想像すらつきませんでした。

私は、体調が良い日、何にも起こらない日は「こんなに気持ち良い日があるんだナー」と感じます。同時に、「健常者はみんな、これを当たり前に思って生きているんだろうナ」とも思います。〝当たり前〟にできたら、どんなに幸せだろうかとも想像したこともあります。けれど、手術数日前になると「成功するかどうかは分からないんだ」という冷静な気持ちも出てきました。また、手術前の説明では、「期待しているほど良くならないかもしれない」と念を押され、「側頭葉てんかんの外科手術では、側頭葉の悪いところを切り取ります。脳の一部を切るため、後遺症の心配がまったくないわけではありません。視野が狭くなる、歩きにくくなる、箸が持ちづらくなる、こういったことも考えられます」と説明を受けました。「先生方に託そう！　お願いします」という心構えで契約書にサインをしました。両親は、「よろしくお願いします」と先生に言い、頭を深々と下げてくれました。私はとにかく「先生方に託します。よろしくお願いします」という一心でした。

手術は八時間以上もかかりました。覚えているのは、主治医が手をパンパンと叩いた音と、私の体を軽くねじったことです。それで意識がうっすら戻っていき、しばらくすると完全に戻りました。両親が来てくれていることは知っていましたが、兄も休みをとって私の様子を見にきてくれていました。手術前には、「頭に傷をつけるわけだから、ものすごく痛いのでは……」と心配もしていました。けれど、まったく痛みは感じず、「切ったのに、どうして痛くないんだろう?」と不思議に思いました。これを三人に話すと、笑いながら「無事に手術が終わって何よりだ」と言ってくれました。

次の日、病院のベッドで休んでいると、これまでと変わらない発作の前兆が出てきました。「あぁ、やっぱりか」と思いました。手術前にいろんな先輩患者を見ていたので、それほど大きなショックはありませんでした。「発作はどうだろうか」と注意していましたが、発作までは至らず、少しホッとしました。しかし、手術を受けようと言ってくれた両親、仕事を休んで来てくれた兄……家族のことを考えてしまいました。「発作は起こらないにしても、これからも変わらず前兆が付きまとうのか。これからもみんなに心配をかけ続けることになるんだナァ……」と思い、複雑な気持ちになりました。

　術後一週間は、そのまま母が泊り込んでくれ、身の回りの世話をしてくれました。母は当時八十歳近くなっていました。本当は家でゆっくりしたり、好きな畑いじりでもしていたいはずです。なのに、泊り込んで世話をしてくれる姿を見ていると「どうにか治ってほしい」と願う親心を感じました。

　母が自宅に戻ったあとも、術後の経過を見たりリハビリをするために、私は入院が続きました。もう私もいい年だからと思い、特に両親に電話したりはしませんでした。するとしばらくして、「なんで電話せいへんのや」と父から電話がきました。私をそこまで気に掛けていない様子の父でしたが、これまでは私がどんな体調か母からちょくちょく聞いていたのでしょう。それが聞けなくなってしまったため、気になったようです。父にとっても、子どもは何歳になっても子ども、心配で仕方ないんだナァと感じて恥ずかしくなってしまいました。「そういえば、中学の時オジチャンの家に世話になっている間にも父チャンよく電話くれたナァ」と電話口で私が言うと、

「親が子を心配するのは当然だ」と父は言いました。病気でたくさんの苦労を掛けてきましたが、それでもずっと変わらず自分を思ってくれる親がいるのは、本当にありがたいことです。

手術からしばらく経つと、先輩患者から「術後、発作はあるの？」とか「術後は前兆は出た？」と聞かれるようになりました。「発作は起きていないけど、前兆はあるんです」と言うと、先輩患者は「やっぱりな。自分も同じだ」と言いました。先輩患者は残念そうにこう言いましたが、でも私は「発作は一度も起きていないじゃないか。嬉しいことだナァ」と自分に言い聞かせました。でも、「いつまでこの状態が続いてくれるだろうか」という不安も出てきていました。

体調は落ち着いても、心も晴れ晴れというわけにはなかなかいきませんでしたが、レクリエーションの時間は、そういったことを忘れて楽しむようにしていました。レクリエーションは、リハビリのひとつになっていて、やることは参加する患者で多数決をとって決めました。体育館でバレーボールをすることもあれば、みんなでカラオケをすることもありました。

私は歌には少しばかり自信があるため、カラオケは張り切って臨みました。フランク永井の歌をよく選んでいたのですが、フランク永井と言えば低音が魅力ですから、特に低音に気持ちを込めて歌いました。また、デュエット曲は、男性のパートと女性のパートを声色を変えて歌い分けました。すると、「河合さん一人で歌ってるとは思わなかったよ！」と周囲の人に驚かれました。自分が気持ち良く歌うだけじゃなく、せっかくなら他の患者さんたちにも楽しんでもらいたいので、「郷ひろみ世代だけど、カラオケはフランク永井やざ！」などと言って盛り上げたりもしました。

一方、バレーボールは……経験が大して無かったこともあり、自分でも動きがぎこちない気がしたし、最初はなかなかボールに食らいついて行くことができませんでした。けれど、やっているうちに「勝ち負けにこだわらずとも、バレーはチームで闘うものだから、誰かが多少無理してでも手を伸ばさねば」と思うようになりました。そして、ある時「今だ！」と思い、ライン際に落ちそうなボールに必死に飛びつきました。すると、ボールはふわりと浮いて、仲間のところにうまく戻っていきました。私はその拍子に尻もちをついてしまいましたが、「ナイスプレー！　あんなボールに手を出すとはさすがだなぁ」と仲間たちも喜んでくれました。

手術のためにみんな集まったわけですから、中には他の患者さんと交流なんてする必要はないと考えている人もいたと思います。けれど、患者一人ひとりのそういった気持ちを変えていくことからはじめないと、てんかんを一般社会にオープンな病気にはできないんじゃないかナァという思いが私の中にはありました。患者が「自分だけ治ればいい」と思っているようでは、てんかんの正しい理解が一般社会に広まることはないと思うのです。一緒に手術を乗り切った仲間たちと楽しさを分かち合うレクリエーションが、そんな患者の気持ちを少しでも動かしてくれたらいいナァと私は考えていました。

退院が近づいてきた頃、同室に手術を待つ大学院生が入ってきました。大学院で脳神経医学を学んでいるそうで「医師としててんかんにかかわっていきたい」と言っていました。私はなんて心強いのだろうと思いました。確かに、今いる病院の先生方はてんかんの知識は豊富です。けれど、この学生は将来、医学の知識だけなく、患者の気持ちの深いところまで汲みとれる立派な医者になってくれるだろうと思えました。

私たち患者にしかわからない心と体の痛みを知っているわけですから、ピシャッと患者と心がつながるでしょう。彼が将来どんな活躍をしてくれるのか、楽しみでなりません。そんな先生なら、一度くらい診察してもらいたいものだナァとも思いました。もちろん、私はせっかく手術をしたのだし、病院にお世話にならずに済むようになれば一番なのですが。

結局、手術後、今のところ一度も発作が起きることはありませんでした。入院中、日が経つにつれ、「発作」という言葉を口にしたり聞いたりすることも無くなっていきました。けれど、その分今度は「前兆」という言葉をよく使うようになっていったように思います。そのたびに「前兆だけで済んでいるのだから喜ばなければ駄目だ」と何度も自分に言い聞かせるのですが、退院を目の前に「上を見たらきりがないことは分かっている。けど……前兆がなかったら最高なのにナァ」という思いが強くなってしまいました。

こうして、三ヵ月の入院生活が過ぎていきました。私は予定通りに退院することができました。

退院して家に戻ると、やはり懐かしい感じがしました。季節は冬に向かっていたので、タンスに寝かしていた母の手作りのセーターを出しました。あまりいい香りとは言えませんが、ナフタリンの匂いのするセーターを手に取ると、「これまでと変わらず前兆が出るとしても、僕なりに健康で、来年も母チャンが作ってくれたセーターを着られたら、それが幸せなのかナー」という気分になりました。

退院後は、カレンダーで体調管理をはじめました。数年前から広告の裏紙に記録していましたが、これをカレンダーに切り変えました。これまでは、ものさしで表を自分で書いていたのですが、左端に日付が入っていて、体調を記録するのに使い勝手の良いカレンダーが見つかりました。これなら記録したい項目数に合わせ縦線だけ入ればすぐに使うことができます。日付からはじまり、その日の天候、起床時間、食事やお通じ、血圧、睡眠時間などを書きます。朝起きた時の前兆の有無と強さも書くのですが、前兆は大中小で記録します。「大」は、寝込むくらいつらい時で、仕事も休ませてもらわなければなりません。「中」は、みぞおちの痛みをしっかり感じ、そこに神経が集中してしまうくらい。「小」は少し気になるくらい。ピク、ピクと時々みぞおちがうずく程度です。その他に大きな変化や気になることがあったら文字で記録します。通院の時、これをもとに先生といろいろな話をするのは変わっていません。もちろん今でも毎日続けています。

今では、手術から十五年が経ちましたが、ありがたいことに発作はこれまで一度も起きていません。けれど変わらず前兆には苦しめられています。「大」と記録するような、居ても立っても居られないほどつらい前兆もあり、発作につながってしまうのではないかと不安に思うことがないわけではありません。こんなことを言うと、「手術までしてもつらさが続くなんて……」と思う方もいるかもしれません。けれど、私としては、治すことばかりを考えてしまったら、日々の痛み、つらさ、悔しさが何倍にもなってしまうと思うのです。病気を持って生まれたことに、不満やひがみしか言えないようでは情けない、こうも思うのです。だから私は、自分しか経験できない感情や痛みを人生のバネにしていくと決めました。「三歩進んで、二歩下がる」ではありませんが、なぜ自分が病気を持って生まれてきたのかを考え、振り返りながらゆっくり進んでいきたいと思っています。世の中には前だけ見て進む人もいますが、「自分には、三歩進んで二歩下がるくらいがちょうどいいのかナー」と思う今日この頃です。

六　自動車運転免許取得

退院後は、手術の副作用が出ることもなく、体調は順調でしたが、しばらくは母の畑仕事を手伝ったりしながらゆっくり過ごしました。私が入院中は、せっせせっせと身の回りの世話をしてくれた母でしたが、歳でだんだん体が言うことを聞かなくなってきてしまったのか、畑仕事中に愚痴や不満を言うようになりました。なので前兆が出ている時でもおかまいなし。「耕して」とか「草を取れ」と私に言い、そうかと思えば、「そこは花のところだからやったらアカンのやぞ」とまったく注文が多いのでした。そんな調子でも、私が耕しはじめると「ああ嬉しや、ありがとう」と母は言うので、「大したことしてないのに。こんなことで喜んでくれるなら……」と思い、その間は私も前兆を忘れられるような気がしました。

もっと母の元気な姿を見られたらいいナァと思い、ある日、「ジャガイモの種を植えよう」と誘いました。すると、母はとってもイキイキとしてきて、二人で土だらけになりながら種を植えました。それから母は、毎日のように水をやって、芽が出そうになると落ち着かないようで一日に何度も畑に行っていました。そして芽が出ると「芽が出てきたんやぞお」と満足そうに言いました。ちょっと前まで愚痴を言っていたのに、こんなにも違うものかナと思いました。そして、ここ数ヵ月間心配をかけてしまったので、「母チャンとこんな時間が過ごせるのは嬉しいことだナァ、母チャンも嬉しく思ってくれてるのかナァ?」と思いながら過ごしました。

通院が落ち着いてきてからは、アルバイトをはじめました。昔のよしみで、百貨店の食品売り場や店頭販売をする会社にお世話になることにし、西武デパートや駅ビルなどで働くようになりました。デパートまでの行き帰りは昔と変わらず電車を使っていました。

手術から二年過ぎた頃、定期検診に行くと先生が「運転免許取らんのか?」と言いました。私はびっくりして「運転免許を取ってもいいんですか?」と聞きました。すると先生は「河合さんは免許を取ってもいいんだよ!」と笑顔を見せてくれました。

これまで私は車に乗せてもらうばっかりで、どこに行くときも「ありがとうねぇ。毎回ごめんねぇ」と運転手さんに言っていました。仕方のないことですが、肩身の狭い思いをしないわけではなく、「申し訳ないナァ」と思い「自分の力で、行きたい時に好きな所に行けたらどれだけ便利だろうか? きっと楽しいだろう」と考えたこともありました。なので、先生の予想外の言葉はとっても嬉しかったです。病院からの帰り道には、電車に乗っている時も道路を走る車に目が行ってしまい「おっ、あの車良さそうだ。あっちも良いナァ」と、自分が乗ってみたい車を探してはニヤニヤ一人で笑ってしまいました。

それから教習所通いがはじまりましたが、これは予想以上に大変でした。車はもちろんバイクにも乗ったことがないわけですから、新しく学ぶことが山のようにありました。それでも、無事技能教習を終えることができました。無事といっても、周囲の人よりはだいぶ時間がかかってしまいましたが……。しかし、難関はその後のペーパー試験でした。恥ずかしい話ですが、これには手こずりました。○と×の二択ですから、どうにかなりそうなものですが、引っ掛け問題にまんまと引っ掛かってしまうことも多く、苦労しました。なので、今でも覚えている自分の受験番号が試験場の電光掲示板に表示されたときには思わず「やった！」と声が出てしまいました。本当に本当に嬉しかったです。これまで私を乗せてくれた人、一人ひとりに、もう一度感謝を伝えたい気持ちになりました。

こうして、四十五歳にしてはじめて運転免許を手にすることができました。手術後、少しずつだけど、人並みに近づいているのかナァと思うと感慨深いものがありました。

免許取り立ての頃は、自分で運転の練習をしました。父が練習に付き合ってくれ、家の近くにある駐車場で駐車の練習をし、その後は「右行ってみ、左行ってみ」と父が言う通りに曲がりました。「今、人が来ないかきちんと確認したか？」「そんなに大きく曲がってはダメダメ！　スッと曲がるんだ」などいろいろアドバイスをしてくれました。運転の練習に親が付き合うという話はよく聞きます。そんな日が来るのを、私の親も楽しみにしていてくれたのかナァと思うと、少し親孝行できたような気分にもなれました。

免許を取って少ししてからのことですが、近所で救急車騒ぎがありました。当人は救急車で病院に向かいましたが、家に残った家族が病院に行くのに足が無いと困っていました。居合わせた私が頼まれ、病院まで送ることになりました。自分で運転できるようになり、大切な場面で人の力になれるなんて、これまでの私ではまったく考えられないことです。「あー、人様を乗せるのか」と思うと、両親を乗せた時とはまた一味違った気持ちが湧いてきて、免許を取ったという実感と責任を強く感じました。

私がこうして運転免許の話をすると、てんかん患者が起こした事故のことを思い出し、「本当に大丈夫なのかナァ?」と疑問に思う人もいるかと思います。事故は立て続けに起きたし悲惨なものだっただけに、「てんかん患者は運転しない方がいいのでは?」と考えた人もいるでしょう。しかし、大多数の患者は車が凶器になり得ることを忘れず、無理のない運転をしています。私も、免許を取得できた時、一つの約束事を自分と交わしました。それは「体調が悪い時は絶対に運転しないこと」です。教習所でも教官が「寝不足や体調不良の日は、運転を控えましょう」と言っていましたが、私にとっての体調不良は主に「てんかん発作の前兆」を意味します。手術をして発作が起きなくなったとはいえ、自分の体調を過信してはいけません。健常者以上に守らなければいけないことだと思っています。仕事の行き帰りには変わらず電車を使っているため、一番多く車を利用するのはスーパーへの買い物です。スーパーは家から車で五分もかからないくらいのところにあるのですが、親もいい年なので、移動に車は欠かせません。私自身も膝があまりよくないため、行き帰りを歩くのはつらいのです。しかし、便利さよりも安全を優先し、体調を重視することに決めています。そのため、レトルトのカレーを家に常備するなどして、無理して買い物に出ないように対策もしています。今では免許を取って十年以上経ちましたが、おかげさまで、これまで大きな事故を起こすこともなく、自動車ライフを楽しんでいます。

それから、車の社会に入って、いくつか勉強になったこともあります。まず、なるほどナァと感心させられた言葉があるのですが、それは「運転が示すあなたのお人柄」です。私は、相手に対して「どうぞお先に行ってくださいネ」という気持ちを常に大切にしています。合流したがっている車や右折できずにいる車、道を渡る歩行者などに対し、道を譲るようにしています。これを実践するためには、余裕を持って出発することも必要になるわけですが、それが私にとっての事故防止にもつながると思っています。道を譲ったところで、相手はそれほど気にしないかもしれませんが、私はとても気持ちがいいです。反対に譲ってもらったときには「すみません。ありがとうございます」という気持ちが湧いてきて、心が温かくなるような気がします。これまでも「運転が示すあなたのお人柄」という言葉を聞いたことはありましたが、特にピンと来るものはありませんでした。けれど今は、この言葉を忘れずにいれば、自分も周りの人も気持ちいい運転ができると勉強させてもらいました。

そして、「車間距離」の大切さにも気付かされました。運転する時はもちろんなのですが、これは病気にも置き換えられるのではないかナァと気付きました。

運転している時、前を走っている車が急ブレーキをかけたら「危ない！」と思うはずです。そしてブレーキを踏みます。ここで十分に車間距離があれば、お互いの車が傷つくことはありません。しかし、車間距離が足りずそのまま突っ込んでしまったら、両方の車が傷ついてしまいます。時には、人も怪我を負ってしまいます。これを、発作を起こしたてんかん患者と周囲の人に置き換えて考えてみてください。

私はこれまで、発作を起こした時に人を傷つけてしまうことがたびたびありました。豊橋西武の方も、工場のおばさんも両親も……みなさんに申し訳ない気持ちでいっぱいです。両親ともなると、私を心配する気持ちが一段と強くなるため、どうにか発作を止めたくて手を出してしまうのでしょう。結果的に本当にひどい怪我をさせてしまいました。発作時に抵抗してしまうのは私だけに限ったことではなく、発作の症状の一つとも言えます。患者、家族そして周囲の人たちにとって考えさせられる問題だと思います。

不本意な暴力をさせない、受けないため、そして、お互いの信頼関係を保つため、どうしたら良いのか。そこに必要になるのが「ゆとりある車間距離」だと思うのです。お気付きかと思いますが、「ゆとりある車間距離」とは、「てんかんに関する知識と正しい対処」です。多くの人に深く知識を得てくださいとは言いません。広く浅くでいいのです。でも最低限のことを知ってもらえたら、冷静な判断をして、正しい対処をしてもらえると思うのです。そうしたら、私たち患者が周囲の人たちに怪我を負

わせてしまうこともなくなるはずです。特に身内に患者がいる場合、頭で分かってい
ても、けいれんしている姿など見ればどうにか救いたいと思ってしまうでしょう。け
れど、身内を傷つけるのは本当につらい。だからこそ、ゆとりある車間距離を忘れず
にいてもらいたいです。

私は、どんなことも病気に結び付けて考えてしまうクセがあるのですが、みなさん
にも納得していただけたら、何よりです。

なお、車の運転どころではないと言われる患者さんには誠に申し訳なく思っていま
す。お許しを。

七　命のありがたみ

七年前のことですが、子どもの頃大変お世話になった県立病院の山本先生が亡くな
られたという連絡をもらいました。一目会いたいと思い自宅へ向かうと、「先生はケ

ンタイです」と家の方に言われました。「あぁそうなんですね」とその場では言ったものの、恥ずかしながら私は「献体」を知らず、「ケンタイ？　ケンタイとは？」と不思議に思っていました。後になって、「献体」は医学の研究発展に役立たせるため、自分の遺体を大学の医学部や歯学部に提供することだと知りました。

これまで私は、長くてんかんの薬を服用してきましたが、こんな私でも医学の研究に役立つなら役立ててほしいと思うようになりました。そこで福井大学医学部附属病院に行った時、先生に「病歴と献体は関係ありますか？」と聞くと、「病歴にあわせて遺体をみますよ」と先生が教えてくれたので、それなら献体させてもらおうと決めました。先生は、「しらゆり会」という献体を希望する人たちが集まるボランティア団体があることを教えてくれました。問い合わせてみると、「まずは合同慰霊祭に出席してみてください」と言われたので、そうさせてもらいました。合同慰霊祭とは、遺体を提供した方々に感謝を捧げ、ご冥福をお祈りする会です。また、協力してくれた遺族にもお礼を伝えるために、遺族も招いて開催されます。

会場となったのは、柱一つない広い体育館で、そこには遺骨がズラーッと並べられていました。遺骨返還式といって、解剖学実習に関わった学生が遺骨を遺族に返していくそうです。私たち出席者は、献花や黙とうをさせてもらいました。

合同慰霊祭は、親しかった人とのお別れである儀式とはまったく違う雰囲気で、会場に悲しい様子はなく、おだやかな様子でした。遺族の方々も、誇らしげに見えました、献体を希望した方々に対して尊敬のような気持ちも出てきました。献体した方々と実際に会ったことはありませんが、「これから生きていく人たちのために、しっかり研究してくれよな！」「私はこの病気で死んでしまったけど、この病気を治せるように、私の体を役立ててね」と言っているのではないかと思いました。自分も献体し、少しでも役立ちたいと改めて感じました。

ただ、登録には親族の同意が必要というので兄姉に話しました。すると二人とも私の思いを理解してくれ、献体に納得してくれました。なので、手続きはスムーズに済みました。登録後は会員証がもらえるのですが、私の死亡時には姉が対応してくれることになり、姉の連絡先を入れさせてもらいました。てんかんだからと兄弟の縁を切られ、住んでいるところも分からない、という患者もいる中、兄姉が変わらず私の面倒をみてくれることにも感謝せねばと思います。

すべての手続きが終わってから、私は自分の臓器それぞれにも「将来は献体するからナー」と伝えました。以前、「細胞や臓器に感謝の言葉を掛けると、それに反応して体の具合が良くなる」という話を聞いたことがあり、それ以来私は、「臓器にも意識があるのだナー」と思っています。だから、臓器にも同意を得る必要があると思いました。私のために二十四時間三百六十五日休みなしで一生懸命に働いてくれている臓器、本来なら、私が死んだら役目から解かれるわけですが、献体することで、もうひと頑張りしてもらわないとならないわけです。そこに納得してもらいたいと思いました。会員証を手に、「これで少しはてんかん治療の進歩に協力できるかナー」と思うと、変な言い方かもしれませんが、楽しみが一つ増えたような気がします。

それから少し経ってのことですが、近所に救急車が止まりました。聞くと、M君の家ということでした。M君といえば、子どもの頃一緒に川で遊んでいて、流されそうになったところを救ったという思い出があります。なので、「M君が救急車で病院へ運ばれた」と聞いた時は、「きっと、ちょっとした怪我だろう」と思い、また、そうであってほしいと思いました。けれど数日後、亡くなられたと聞き、「えっ、嘘やろ！　なぜ？　どうして？」と私の心は動揺してしまいました。M君が川で遊ぶ元気な顔が甦ってきて、涙が溢れました。

M君の家に顔を見せてもらいにいくと、M君は昔よりひと回りも二回りも小さくなっているようでした。家族の方も「通院していたんだけど……」と言いながら言葉を詰まらせ、それ以上は言いたくないという様子でした。私もそれ以上のことは尋ねませんでした。

手術後、私は発作が出なくなり、日々の生活や仕事が予定通り進むようになったし、運転もできるようになりました。だから、「自分ができるようになったことを活かして、残りの人生、これまでお世話になった人たちに恩返ししていきたいナー」と思うようになっていました。なのに、私の命を救ってくれた山本先生、私より五歳も若いM君、生きていてほしい人達が亡くなってしまいました。他人といえども、私と「命」をきっかけにかかわった人達です……命に寿命があることは分かっていますが、あまりにも残念な別れだと思いました。同時に、自分はてんかんと付き合いながらの人生だけれど、ここまで生きて来られたことをつくづくありがたいとも思えました。

二人の死は惜しくて惜しくて仕方ありませんが、「命」を考えるきっかけをくれたことに大変感謝しています。

八　二度の入院生活

これまで、塩辛やういろなどいろいろな食品を試食販売してきましたが、このところは、週五日くらいのペースで甘栗を担当しています。駅ビルの店先に屋台を組んで、そこで販売します。

甘栗の仕込みは、大きな窯で栗を煎ることからはじまります。こうして表面の色ツヤと香ばしさを出していきます。数年前までは、窯を回す作業なんて朝飯前！　だったのですが、左肩に痛みを感じるようになってからは一苦労するようになってしまいました。はっきりとした原因はわからないのですが、数年前から左腕が肩から上に上がらなくなってしまったのです。今はほとんど右腕頼みで窯を回さなければならないので、時には思い通り栗を回せないこともあります。ですが、「爪が黒くなるけど、止《や》められないいんだわ。ここの甘栗が一番！」と言って買いに来てくれる常連さんも多いため、「頑張らなアカンな」と思い、続けています。

また、栗を回す作業は、煎る目的だけでなく、売り物にならない栗を見つけ除《よ》けるためでもあります。その中でも状態が良いものはその日の試食におろします。そのために、回しては確認、回しては確認。丁寧に見つけていくのです。この時自分なりのポイントがあって、自分が立つ屋台の内側から確認するだけでなく、お客さんの側にまわってそこからも不出来なものがないか確認するようにしています。こうすれば一石二鳥。効率よく作業できます。こんな感じで甘栗の仕込みを進めていると、「一つのことでもいろいろな方向から見ることが大切なんだよナー」と思い、病気についても、自分だけの都合で捉えてはいけないんだよナーと考え……「また、何でも病気のことに結び付けるクセが出てしまった！」と思ったりしています。

そして、アルバイトが無い日には、てんかん協会の活動や地域の交流会などに顔を出しています。知り合いが増えたり、勉強になったりと、充実した時間を過ごせるのはいいのですが……公民館から帰ろうとしたときのことです。「危ない！」と思った時にはもう遅く、階段を数段転げ落ちてしまいました。その時はどうにか家に帰ったのですが、なかなか痛みが引きませんでした。そこで、行き慣れた福井大学医学部附属病院に行ってみると、「足の骨にヒビが入っていますね」と言われてしまいました。私は生まれてはじめて整形外科に入院することになりました。

あの日体調が悪かったのに、そこを無理して階段で下りたのが良くなかったのかな、と後になって思いました。でも理由はそれだけではなくて、実は、長年発作で倒れる度に知らず知らず左膝を痛めてきたようで、慢性的な痛みに変わってきてしまっていました。それに左肩も調子が良くないので、転びそうになっても体をかばえない状態でした。そんな理由が重なって、足をからませ転げてしまったのだろうと思いました。

入院後手術をしたのですが、術後は痛くて痛くて仕方ありませんでした。十五年前にてんかんの手術を受けた時は、驚くほど痛くなかったのに、足はなぜこんなに痛いんだろうと不思議に思いました。痛みが半分ずつだったら、二回少しずつ我慢すれば済んだのにナァとも思いましたが、そんなことはできないので、どうにか我慢するしかありませんでした。

入院中は、生まれてはじめて車いす生活を経験しました。人様が車いすに乗っている所は見たことはあったので、「右に行きたいときは、左の車輪をまわす。反対に、左に行きたければ右の車輪をまわす」ことは分かっていました。けれど、実際にやってみると「自分で自分を運ぶ」のは想像以上に大変でした。自分の体重を運ぶのに、こんなに力がいるのかと驚いたし、頭で分かっているのに、曲がりたい方向にタイヤを進めるのはそう簡単ではありませんでした。これまでは、スースーと移動する身体障害者の方を見て、それが当たり前のように思っていました。「立場が変わるとまた新しく学ぶこともあるナー」と教わりました。

入院生活は約一ヵ月間続きました。私の病室はちょうど脳神経外科が見えるところにありました。それまでは外来患者として整形外科にお世話になることばかりだったので、入院して病院の一日の動きを見てみると、いろいろと発見がありました。整形外科は骨折などの怪我が主なので、患者の間には明るさがあります。「頑張ってリハビリして、歩けるようになろう」「箸が持てるようになりたい」と、怪我があってもみんな前向きです。しかし、脳神経外科は、生死をさ迷う患者がいます。緊急で運ばれてきて、そこへ看護師や先生がせわしく集まっていく。公衆電話のところで泣く家族……そんな場面を目にしました。

私は外来で福井大学医学部附属病院に行った時、「あの時お世話になった看護師さん、まだ整形外科にいるかな？　今日は先生おられるかな？」と、軽い気持ちでよく雑談しに行っていました。けれど、脳神経外科の緊迫した様子を見たため、私がしていたことは仕事の邪魔だったろうなと反省しました。そんな中で看護師のみなさんはいつも笑顔で対応してくれたわけですから、感謝しなくてはと思いました。

また静岡東病院では、私は入院させてもらったお礼をしたいと考え……作業療法の時間に病院のために小物を作ることを思い付きました。父の影響か、私もなかなか木工が得意なのです。以前入院していた患者が残していった板の残りを集めて来て、何か作れないかと考えてみました。そういえば、デイルームに雑誌などが置きっぱなしになっていることがあるのを思い出し「新聞入れ」を作ることにしました。小さなお返しですが、新聞入れが活躍してくれて、デイルームがきれいに保たれたら、嬉しく思います。

その後しばらくして、無事退院できました。足の痛みも落ち着き、「またアルバイトや母チャンと畑仕事したりと、頑張らんとナー」と思っていました、しかし、喜んでいたのも束の間……今度は泌尿器科に入院することになってしまいました。

自分で尿の色や臭いに違和感があり、どうなのかナーと思っていたのですが、退院から三週間くらい経った日、急に熱が出て、計る度にぐんぐん上がっていきました。そうしているうちに、四十度を越え身動きも取れなくなってしまいました。これはまずいと思い、自分で救急車を呼び、どうにか大学病院へ連れて行ってもらいました。検査してみると、原因はやはり尿にあるということで、今度は泌尿器科にお世話になることになってしまったのです。整形外科退院後、一ヵ月も経たないうちの出来事だったので、病院にいるときも、決まり悪いような気分でした。

静岡東病院では、手術を控えた患者と親しくなりました。その人は「手術が心配で心配で仕方ない」と言っていたので、「私はてんかんがあって、脳の一部を切るという手術を受けたことがあるけど、この通り元気です。心を落ち着かせて手術を受ければ大丈夫ですよ」と話しました。私の方が退院は先でしたが、その後手紙をくれ、そこには「手術が無事済んだ」と書かれていました。その手紙を見て、私も気持ちがとても楽になりました。

そして、この時も作業療法の時間を使って木工をやりました。私が新聞入れを作ったことを知っている看護師さんが、「この新聞入れ、河合さんが作ってくれたものなんですね！　役立ってますよ。ありがとうございます」と言ってくれたので、俄然やる気が出て、今度は少し手の込んだテレフォンカード入れを作りました。病院ではまだまだテレフォンカードが活躍しています。ですから、公衆電話のところに置いてもらおうと、診察券入れのようにコトンと下にカードが落ちるような仕組みにしました。小さなテレフォンカード入れですが、これも役立ってくれれば何よりです。

脳神経外科の新たな一面に気付かされたり、良い出会いがあったりと、有意義なこともあった二回の入院生活でした。しかし、怪我や病気はコリゴリです。二度あることは三度あるとならないように、健康には充分気を付けていきたいと思います。

九　障害者との交流

二度目の退院後は、無事アルバイトに復帰し、これまで通りの生活を送れるようになりました。変わったことといえば、メガネを掛けるようになったことでしょうか。朝刊を読んだりニュースを見る時に、気付くとメガネを上げ下げするようになっていました。自分から離れたところにあるテレビを見るときにはメガネを下に、近くの新聞を読むときにはメガネを上げるのです。こうしないと見にくく感じるようになってしまいました。自分がこうしていると、父がメガネを上げ下げしていた姿を思い出します。父のそんな姿を見て私は、「はめるならはめる、取るなら取ったらいいんやざ！　何のためにメガネをかけてるんや？」とうるさく言ったものでした。それを気にしたのか、父は晩年、テレビを見る時もメガネを上げたままにするようになりました。

また、父はこの頃、自分の最期が近いと感じていたのでしょうか？　とても思い出に残っていることがあります。それは、家の台所で急に交わした会話です。「すまんかったナ、おまえにだけ重荷を背負わせてしもうて」と父が何の前触れもなく言いました。長年、いつか伝えなければと父は思っていたのかもしれません。「すまなかった」と弱々しい声で繰り返しました。私は思わず「今の自分があるのは病気のおかげだ。病気になったさかいに自分はいろいろと学ばせてもろうたんやざ。父チャンの気持ちは分かるが、そんなこと言わないでくれ。今は、僕がお礼を言わなあかんと思うてるんや」と返しました。自分の素直な気持ちが流れ出てくるようでした。後にも先にも、父がこんなことを口にしたのはこれっきりです。数十秒の会話でしたが、今も忘れることができません。私の心に深く刻まれた一齣でした。

父のメガネをかけると、この日のことを思い出しますし、気に障っていたメガネを上げ下げする姿も懐かしく、微笑ましく思えます。なので「ゴメンのー父チャン！」という思いを込めて、最近、茶の間では父の形見の老眼鏡を使わせてもらっています。〝度〟が合った自分のメガネがあれば事足りるし、「父チャンのはまだ自分には少し強いナァ」とも思うのですが、形見のメガネを使わせてもらうと、歳をとるのもいいものだナァと思えるのです。

自分がちょっとしたことで不自由を感じたり、入院生活中に不便な経験をしたため か、私は自然と身体障害者について考えるようになりました。同時に、静岡東病院に 入院した時、てんかん患者と一般社会の間にある壁をまざまざと実感したため、他の 障害者がどんな生活を送っているのか気になるようにもなっていました。そのため、 地域の障害者差別ワークショップに参加してみることにしました。

障害者は「知的・身体・精神」と区分されていて、私たちてんかん患者は精神障害 者と呼ばれるのですが、ワークショップに参加した精神障害者は、見たところ私だけ のようでした。ほとんどの参加者は身体障害者のようでした。

意見交換会では、身体障害者と精神障害者のいろいろな違いを感じました。私たち 精神障害者が要望をなかなか外に主張しないことに対して、身体障害者は「こうして ほしい、ああしてほしい」という主張がとても強いと感じました。私が思うに、その 理由は、外見の違いからくるのだと思います。身体障害者は目で見てわかるので、要 望が周りに伝わりやすいです。それに対して、精神障害者は見た目では分からないことも多いため、自分たちの要望を伝えることより、「障害を隠せるなら隠そう」という気持ちが強く働き、主張もしないようになったのかナァと考えました。バリアフリーの建物が増えていること一つ考えても、身体障害者は自分たちで生きやすい世界を広げているのかもしれません。ただ、そこに感謝することを忘れ、「してもらって当たり前」と捉えてしまっている人もいて、これは残念でした。どんな障害があろうと謙虚さは忘れてはいけないし、自分たちにとって都合良いことばかりを求めず、障害の区別なく理解が広がっていくのが理想なのでは？　と思いました。

こんな経験をしたためか、その後は特に障害者との出会いが思い出に残っています。

西武デパートの催事場でお菓子を売っていた日のことです。新館から本館に車いすで移動しようとしているお客さんがいました。新館と本館の間には短いですが急な坂道があるため、一人での移動は危ないだろうと思い、お手伝いさせてもらうことにしました。私が入院している時、看護師さんは坂があるところになると、クルッと方向を変え私を運んでくれました。なので、私が経験したように、坂を下りるときは後ろ向きにして自分が車いすを支えるように。上る時は前向きに変えました。こうしてできる限り安全を守りました。そして入口まで車いすを押して、「本館はここから入れますからね、お気を付けて」と挨拶しました。満足そうに車いすを走らせていく後ろ姿を見送ると、何とも言えない気持ち良さが残りました。「不自由な人を助けてやった」というような気持ちはまったく感じませんでした。「経験を積ませてもらい、ありがとうございます！」という達成感を得ることができました。

しばらくして、耳が聞こえないお客さんの接客もしました。そのお客さんは、六百三十円のピーナッツを買いたいと袋を指さしました。私は、「こっちは二倍入って千五十円だからずいぶんお得ですよ」と、指と値札を使って説明し、隣の袋を勧めました。けれど、お客さんは表情も変えず、頑として六百三十円の方を指さすのです。なので、千円を受け取り、六百三十円の方を包みました。お釣りを渡すとき、レシートの裏側に「ありがとう」と一言書いて渡すと、ずっと難しい顔をしていたお客さんが、見る見るうちに笑顔に変わっていきました。言葉では伝えられない、聞き取れないとしても、文字で自分の気持ちを伝えられることは昔から分かっていましたが、現実になったのはこれがはじめてでした。このときもまた、ひとつ経験を積ませてもらったナァと思い、気持ち良さが残りました。いくら知っていることがあったとしても、頭デッカチで終わってしまっては意味がありません。実際に経験してはじめて自分の肥やしになるのではないでしょうか？　改めてこんなことも考えた出会いでした。

その後、仕事帰りの電車でも障害者との出会いがありました。ある日、白い杖をつく人が乗ってきました。「目が不自由なのかな」と思い、注意して見ていると、まったく見えないわけではなさそうでしたが、やはりあまり見えない様子でした。なので、「ここ空いてますよ。座られたら？」と声を掛けました。その人は、私の方を見て軽く微笑んでから腰掛けました。その後、二度三度と乗り合わせるようになったので、私から話し掛けてみました。心をオープンに自分のてんかんのことを話すと、同じように心をオープンにしてくれ、目の見えない世界での不自由さなどを話してくれました。私たちてんかん患者は、朝昼晩寝る前、薬を欠かさず服用しなければいけないということに神経を遣います。視覚障害者は、移動する時や風呂などに人の手を借りる必要があり、手伝ってくれる人に対して神経を遣うそうです。毎日の風呂に気を遣うのは、私には耐えられないと感じました。障害者同士でも障害が違えば悩みも違う。分かりあえることもあるだろうし、お互いに勉強になることもあります。

その後も、会うたびに言葉を交わしました。すると、その人はパソコンを使っていることを教えてくれ、「パソコンでなかなか会えないてんかん患者と交流してみてはどうですか？　きっと、先生とも交流できますよ」と言いました。しかし、その時私はまったくパソコンのことが分かりませんでした。なので「パソコン？　無理！　無理！」と言ったのですが、「やってみないと無理かどうかはわからないですよ。私も最初は苦労したけど、覚えたら楽しいですよ」と勇気付けてくれました。これをきっかけに、私はインターネットをはじめました。

今では静岡東病院の先生とメールで連絡を取っています。簡単には診察を受けに行けないので、メールで「こういう体調だけどどうでしょうか」と自分の体調変化を伝えたり、他の患者のことを知らせたりしています。先生はいつも忙しいので、自分が都合のいい時間に見られるメールはちょうど良いようです。送ってから一日、二日後に「ごめんごめん、遅くなりました！」と返信をくれるときもあります。仕事の邪魔をせず交流できるのは、私も気を遣わずに済むため、とても便利だナーと思っています。また、患者同士で連絡を取るのにもメールを活用するようになりました。私たちてんかん患者に限ったことではなく、障害や病気を持つ人の中には、自分の殻に閉じこもってしまう人がいます。しかし、ちょっとしたことでもすぐに言い合える横のつながりができているのは患者同士心強いものです。直接会えなくても、心を通わすことは大切ではないでしょうか。

これからも仕事帰りに電車で一緒になることがあると思いますが、またいろいろと教えてもらいたいと思っています。また、これからもいろんな障害を持つ人と直接かかわってみたいです。

それからしばらくして、再び障害者の集まりに出掛けたとき、「障害児ボランティア」という活動があると知りました。学校が夏休み期間中、障害児の親が、働いているなどの理由で面倒が見られない時に子どもを預ける場所があると聞きました。「何か自分もできることがあるかナー」と思いボランティアを申し込み、お世話させてもらうことにしました。

そこには、知的障害の子から身体障害の子まで多くの子どもがいました。まもなくして、知的障害を持つ小学生の男の子と仲良くなりました。はっきりとした言葉は話せませんが、二、三回通うと、私を見つけるなり、笑顔で体当たりしてくるようになりました。それは「遊ぼう！」という誘いのサインのようでした。なので、そのサインが出ると、おぶったり転げたりしながら、一緒に遊びました。「膝も腕も痛いんだから、そんなに強く当たらんでくれよ」と思いながらも、その力強さがたくましくも感じられ、毎回の楽しみになっていきました。また、やはり言葉が話せないのですが、何かの拍子に私の手をギューッと握る子がいました。はじめはそんなに気にしていなかったのですが、一週間、二週間と会っているうちに、それがトイレの意思表示だと分かりました。それからは、ギューッとするとすぐにトイレに連れて行きました。その子は「あらあら、お漏らしね｜」と職員さんに言われてしまうことが多かったのですが、本人はこれまでもしっかり「トイレだよ！」と言っていたのだと思うと、嬉しいやら、気付けなかったことが申し訳ないやら、そんな気持ちでした。

子どもたちがこうして自分の思いを人に伝えようとする態度には、教わるものがあるナァと思います。多くのてんかん患者は、社会の目を気にして、病気をできる限り隠そうとします。住み心地の良い〝てんかんの世界〟の中でだけ、主張します。けれど、子どもたちが、「伝えようとすれば相手は自然とその思いを汲み取ろうとしてくれる」ということを教えてくれました。反対に言えば、伝えようとしなければ、相手は知ろうとはしないのです。ただ、そこで大切なのは、裏表や利害を持たないことだとも感じました。健常者、障害者、そういった区別を超え、人と人とがかかわっていく中で一番大切なことなのではないかと学ばせてもらいました。

十　永平寺での再会

ある日の仕事中、久しぶりに強めの前兆が出てきました。徐々につらくてつらくて仕方なくなり、早退させてもらうことにしました。会社のみんなに申し訳ないと思いましたが、仲間は「気にするな、気にするな。お互い様だよ。週末はしっかり活躍してくれよ！」と温かな言葉をかけてくれ、私を送り出してくれました。

どうにか電車に乗りました。最寄駅から自宅までは近いので、座席に座ると「これでどうにかなりそうだ」と一安心できたのですが、前兆の痛みは治まりません。我慢できず、私はボックス席四席のうち三席を使って横になってしまいました。

目を瞑って痛みを堪えていると、「お客さん、お客さん」という声が聞こえてきました。声の方に顔を向けると、「駄目だよ、一人一席！　お客さんのせいで座れないお客さんがいますので。起きてください！」と起こされました。余計に席を使ってしまっていることは分かっていました。もちろん、「てんかんの前兆が出ているから特別扱いしてくれ」などと言うつもりもありませんが、車内で受けた言葉をとても冷たく感じ、悲しいやら悔しいやら……。体調が悪いまま電車に乗る人は、私だけではないはずです。ただ席を占領して寝ているのか、体調が悪いのか確かめもせずに、いきなり「駄目」と言われたらどんな気持ちになるでしょうか？「どうしたんですか？」と声を掛けてもらえたら、乗客は嬉しいですし、その優しい一言で体調まで楽になるかもしれないのに……。同じようにお客さんと接する仕事をする者として、ちょっとした一言にも気を配り、お客さんに気持ち良く買い物をしてもらいたい、そんなことも考えさせられました。また、この場面をサラリとかわせない自分に未熟さも感じ、「こんなことでいちいち心を乱されているようではまだまだ」と思い知らされるようでもありました。

こんな嫌な日があったかと思えば、永平寺のお土産売り場を手伝っていたとき、嬉しい再会がありました。曹洞宗大本山である永平寺は北陸有数の観光地で、多くの観光客で賑わうのですが、静岡東病院で一緒に手術を受けた患者さんの奥さんが観光で来ていたのです。奥さんは大きな声で「あっらー？　元気ぃ？」と走り寄ってきました。お互い、突然の再会に驚きましたが、「ご主人の体調は？」「河合さんは？」と話が弾みました。ご主人の体調は落ち着いていて、気持ちも前向きだという話が聞け、ホッとしました。

立て続けに、もう一人再会がありました。やはり静岡東病院で一緒だった患者さんで、熊本県出身の人です。病院では出身地くらいしかお互い話さなかったのですが、せっかくのご縁と思い、「これからも近況など報告し合いましょうね」と言って、住所とメールアドレスを交換しました。

二人は私と同じように、体の痛み、精神的な苦しみを長年経験しやっとの思いで手術に至ったはずです。その二人の近況を、病院やてんかん協会などの狭い世界ではなく、一般社会にオープンな場所で聞けたというのは、なんだかとても嬉しいことのように思えました。

永平寺で働くようになってからのことですが、永平寺を開き曹洞宗を広めた道元が、教えを書いた『正法眼蔵』の中に「病は心に随って転じるかと覚ゆ」という言葉を残していると知りました。これは、〝病気は心の持ち方次第で変わるものかと思われる〟という意味なんだそうです。調べてみると、「人間は身心一如で肉体と精神が一体となっているのだから、病気になっても、心を明るくもてば、快癒の方向に進むこともあるのだ」とありました。近い意味の言葉は、「病は気から」といったところでしょうか。昔からこうした捉え方が大切にされてきたのだと思うと、気の持ちようというのは、本当に大切なんだナァと思います。

例えば怪我をしたとき、「血は止まったかナー?」「カサブタが痒くなってきた」など、その部分が気になって仕方ないと思います。でも、怪我は治るので限られた時間だけ気にしていれば済むことです。けれど、てんかんはそうはいきません。長い時間をかけて付き合っていかなければならない病気なのです。だから、人生の多くの時間、てんかんに意識が向いてしまい、余計につらさが増してしまうように思います。けれど、どんなときも心だけは明るくもつことを忘れてはいけないと思います。心を明るくもてば、気持ちが病気に染まってしまうことはありません。〝病気の中に自分がいる〟のではなく、〝大きな自分の中に時々病気が宿ってくる〟のです。大切なことではないでしょうか？

十一　てんかん協会福井県支部の活動

二〇〇九年から日本てんかん協会福井県支部の支部長を務めさせてもらっています。てんかん協会は、簡単に言うと「てんかんについての啓蒙活動」をしていて、現在すべての都道府県に支部を持っています。協会全体で活動することもあるし、支部ごとに独自の活動をすることもあります。

もともとてんかん協会は「小児てんかんの子どもを持つ親の会」と「てんかんの患者を守る会」の二つに分かれていて、これらが一九七六年に統合してでき上がりました。前身である「小児てんかんの子どもを持つ親の会」設立の式典では、取材に来たマスコミが会場にカメラを向けると一斉に参加者が左右に動き、映るのを避けようとしたそうです。自分がここにいることを映されては困るという気持ちの表れだったのでしょう。また、式典の休憩時間には、廊下で宗教やまじないの勧誘がいくつも行われ、そこには人だかりができたそうです。患者やその家族ですら、戸惑っていた時代にでき上がった組織なのです。それでも、地道な啓蒙活動を続け、設立時には約四百人だった会員は、三年後には千五百人まで増えたそうです。

私は金沢の病院にかかっているころに協会に入りました。てんかんと付き合っていくうちに、ただ単に自分にはどんな治療が有効かとかを考えるよりも、いろいろな立場にいる患者がそれぞれどのように病気を受けとめ、どんな気持ちで治療に向かっているのかなど、そんなことを学ばせてもらいたいナァという思いが出てきたのです。その後、長く世話人をさせてもらっていたのですが、前の支部長が病気が良くなったということで協会を抜けたため、私が後任をやらせてもらうことになりました。

今、福井県支部の会員数は二十人くらいです。いろんな立場の会員がいて、三十代～五十代だと、患者本人が会員になっている場合がほとんどです。子どもが患者の場合、親が代わりに会員になっていることもあります。会員数は少ないのですが、てんかんに関する講演会などがあると、信じられないくらい大勢の人が話を聞きに集まってきます。協会に入ってはいるものの、自分や家族がてんかんの患者であることを世間にはあまり知られたくないといった様子でひっそり暮らしている人たちが多かったということです。ですから、初めの頃は、積極的な活動は難しかったようです。そこから考えれば、今は多くの人がてんかんと前向きに付き合えるようになったのかナァと思えます。しかし、支部長になっててんかん協会のホームページなど誰でも見られるところに連絡先を公開するようになったら、まったく知らない人から電話がかかってきて病院や治療の相談を受けるようになりました。患者自体は他にもたくさんいるようだし、その中にはてんかんを周囲に知られたくないという人もまだまだ多くいるのだろうと思っています。

これまでいろいろな活動をさせてもらいましたが、特に思い出に残っているのは、北陸ブロックで協力して企画した講演会です。福井市の県自治会館で「てんかんの基礎講座」と題し、てんかん専門医に症状や治療方法について話してもらいました。京都祇園での暴走事故から間もない時に開催したこともあり、百人もの人が出席してくれて、会場は満員になるほどでした。これまでは、身内や知り合いにてんかん患者がいない限り、一般の人が協会の活動に参加してくれることはほとんどありませんでしたし、事故後はてんかんに対する世間の目がまだまだ冷たいものだと、まざまざと思い知らされました。ですが、講演会に参加してくれた人たちは、「てんかんとはどんなものなんだろう?」と本質を理解しようとしてくれた人たちだと思います。てんかん患者を一括りにしたり、イメージのまま差別したり偏見を持つことなく、実態に目を向けようとしてくれたことに感謝したいと思っています。今回は事故がきっかけになってしまいましたが、常日頃から多くの人がてんかんの実態に目を向けてくれることを願うとともに、こうした人たちが増えるように、私たち患者側もオープンな活動を続けていこうと思えました。

後援会が終わってからのことです。「無事終わって良かったですネー」と談笑していると、ひとりの女性が話しかけてきました。聞くと、少し前に、お子さんがてんかんだと診断されたということでした。とても不安そうな表情をしていて、すごく悩んだ末に私に話しかけてきたのだと想像できました。まったく初めてお会いした人でしたが、手術に関心があるようだったので、自分の経験を正直にお話ししました。「九八年に静岡で手術しました。それ以来発作は起きていません、けれど、今でも時々前兆があり、つらい一日を過ごすこともあります」と、良い結果も悪い結果も伝えました。そして、名刺を渡しておきました。

三ヵ月後、そのお母さんから急に電話があり、「誰か良い先生を紹介してもらえませんか」と頼まれました。「こんな自分が？　自分もまだ患者なのに……」とも思いましたが、私の経験が少しでも役立つならと思い、今お世話になっている福井大学医学部附属病院のW先生を紹介しました。その後、W先生に診てもらい新しい薬を服用するようになって、症状が落ち着いていると連絡をもらいました。橋渡しができて良かったナァと胸を撫で下ろしました。

手術を受けてから、「野球選手が野球解説者になったような気分だナァ」と感じることがあります。ひどい発作に苦しめられた〝現役時代〟が終わり、今は当時のつらさや苦しみ、病気のことを冷静に考えられるからこそ、これからは今苦しんでいる患者の力になりたいと思うようになりました。より良い治療法を探す患者に体験談を伝えるのはもちろんですが、今、病気を隠さざるを得ない患者のためにも社会全体に病気のことを知ってもらえるよう行動することが〝解説者〟の役割ではないでしょうか。具体的に私が大切だと思うのは「てんかんは治療できる病気である」と知ってもらうことです。風邪のように……とまでは簡単ではありませんが、薬の服用や手術という治療法が確立されています。てんかんは決して怖い病気ではないのです。これを知ってもらうことで、発作に出合った時の対処や運転免許のことを客観的に考えてもらえるようになるのではないでしょうか。

その一歩になればと考え、先日、福井市の警察署や教習所にてんかん協会が作ったポスターやのぼりを置いてもらえるようにお願いして回りました。そのポスターというのは、てんかん患者が免許を取るためにはどんな条件が必要かが書かれていて、これを見てもらえば、一定の条件を満たした患者しか運転できないことが分かります。まずは、むやみやたらに患者が免許の交付を許されているわけではないことを広く知ってもらうことは大切だと思います。また、主治医に診断書を書いてもらう必要があることや、大型免許と第二種免許は取得できないこと、もし免許取得後に発作が起こった場合は公安委員会に相談しましょう、という患者宛のメッセージも書かれています。てんかん患者が、社会の一員として負うべき責任感を強めるためにも、こういったポスターが教習所などに貼られているのは有効だと思います。けれど、警察署や交番にあたってみると、「県警から一斉に配布されたものしか貼れない決まりなので、県警を通してください」ということでした。なかなか簡単には行かないものだナーと思いましたが、地道に活動する他、道はないので、改めてお願いしに行こうと思っています。

それから、県に対し「福井にもてんかんの専門医を」という働きかけをしています。支部長になり、いろいろな立場の患者から電話やメールをもらうようになって、患者の多くが専門医を探していることを知りました。福井に住む患者が手術を希望する場合、静岡や京都に行かないとなりません。手術に興味はあるものの、身体面、経済面、病気を隠したいなどの理由から治療に積極的でない患者もいます。そういった患者のためにも、地元の病院に専門医が週に一、二回程度来てくれたら理想的だと考えました。そこで「治療しやすい環境を整えてほしい」と知事宛に意見書を出させてもらいました。その後、それらしい回答は貰えたものの、実現には至っていません。これもそう簡単には行かなそうですが、諦めることなく続けていきます。

こうして私は五十年以上てんかんと付き合ってきました。私の人生は決して順風満帆とは言えません。けれど、私が経験した良いことも悪いこともすべて、患者やその家族、その他の障害でつらい思いをしている人にとって何かしらの気付きや支えになることを願い、第一部「私の半生」はこの辺で終わりにしたいと思います。

料金受取人払郵便

新宿局承認

295

差出有効期間
平成28年1月
31日まで
（切手不要）

郵便はがき

1 6 0 - 8 7 9 1

843

東京都新宿区新宿1－10－1

（株）文芸社

愛読者カード係 行

ふりがな お名前		明治 大正 昭和 平成 年生 歳	
ふりがな ご住所	□□□-□□□□	性別 男・女	
お電話 番 号	（書籍ご注文の際に必要です）	ご職業	
E-mail			
ご購読雑誌（複数可）		ご購読新聞 新聞	

最近読んでおもしろかった本や今後、とりあげてほしいテーマをお教えください。

ご自分の研究成果や経験、お考え等を出版してみたいというお気持ちはありますか。

ある　ない　内容・テーマ（　　　　　　　　　　　　　　）

現在完成した作品をお持ちですか。

ある　ない　ジャンル・原稿量（　　　　　　　　　　　　　　）

書　名				
お買上 書　店	都道 府県	市区 郡	書店名	書店
			ご購入日	年　　月　　日

本書をどこでお知りになりましたか?

1.書店店頭　2.知人にすすめられて　3.インターネット(サイト名　　　　　　　　　　)

4.DMハガキ　5.広告、記事を見て(新聞、雑誌名　　　　　　　　　　)

上の質問に関連して、ご購入の決め手となったのは?

1.タイトル　2.著者　3.内容　4.カバーデザイン　5.帯

その他ご自由にお書きください。

(　　　　　　　　　　)

本書についてのご意見、ご感想をお聞かせください。

①内容について

②カバー、タイトル、帯について

弊社Webサイトからもご意見、ご感想をお寄せいただけます。

ご協力ありがとうございました。

※お寄せいただいたご意見、ご感想は新聞広告等で匿名にて使わせていただくことがあります。

※お客様の個人情報は、小社からの連絡のみに使用します。社外に提供することは一切ありません。

■書籍のご注文は、お近くの書店または、ブックサービス(0120-29-9625)、セブンネットショッピング(http://www.7netshopping.jp/)にお申し込み下さい。

第二部　私からのメッセージ

一　てんかんを知らないみなさんへ知ってもらいたい四つのこと

1　もし、みなさんのすぐ近くでてんかんの発作が起きたら……

この本を読むまで、みなさんはてんかんをどんな病気だとイメージされていたでしょうか?　ひきつけ、けいれん、意識障害……などが多いかナァと思います。中には、「脳の病気」ではなく、「精神の病気」だと思い込んでいて、てんかんは怖い!と思っていた人もいるかもしれません。第一部で私の体験を書かせてもらいましたが、発作が起きたときには意識を失って倒れるだけでなく、無意識のまま歩き回ったり抵抗したりすることがあることを知ってもらえたと思います。また、口を動かす、同じ言葉を繰り返すといった症状もあり、時には周囲から「意識があるのかナ?」と見られることも分かってもらえたと思います。いろいろな症状があることを知り、みなさんの中には、「じゃあ、もし発作に居合わせたら、どうすればいいんだろう？」と考えてくれた人もいるのではないでしょうか。ここでは、発作時の対処法についてお話しさせてください。

私はこれまで、周囲の人にてんかんだと打ち明けるとき、「発作で意識を失うことがあるけど、危ない時だけ手を貸してもらえれば、あとは放っておいてください」とよく言ったものでした。これには次のような意味があります。

てんかんの発作は、数秒で終わることもあれば、数分続くこともありますが、自然に意識は戻ります。発作中の姿をはじめて見た人はやはり驚きますが、それ以上に、意識が戻ってから患者が何もなかったかのような顔をしていることに驚く人も多いです。発作そのものが致命的になることは滅多にないのです。ただ、発作中は二つ危険なことがあります。

一つ目は、意識を失って地面や床などに倒れるときに怪我をすることです。私はこ数年、肩や膝がずいぶん悪くなったと書きましたが、これは長年の発作で、何度も強くぶつけてきたことが原因だと思います。発作は突然起きてバタンと倒れるわけですから、体のいろいろな部分をぶつけてしまうのは仕方ないことかナーとも思います。二つ目の危険は発作中に火傷したり切り傷をつくったりと「二次的な事故」が起きることです。これは周囲の人が少し手を貸してくれると防ぐことができます。なので、「二次的な事故を避けたい」という気持ちを込め、私は周囲の人に話していました。

それでは、少し具体的にお話しさせてください。発作時に危険が生じるのは次のような場面です。もし発作の場面に居合わせたら、ぜひ力を貸してください。

●患者の周囲にストーブや刃物など危ないものがあったら、それらを移動させてください。もし歩きだすことがあるようなら、距離を保って付いて行き、同じように、危険なものを移動させ、階段、風呂場などに近づかないように誘導してください。

発作中は意識が無いため、熱い、冷たい、痛いなどの感覚も無くなってしまいます。なので、発作とは別に怪我や事故が起きやすいのです。「発作中近くにあったストーブの熱さをずっと感じず、意識が戻ったときには火傷を負っていた」というような事故が起きないように、周囲の安全確保をお願いしたいです。

●患者が床に倒れた状態になったり、寝かす場合は、顔を横に向けてください。

これは、口に入っていた物や吐いた物を気管に入れないためです。上を向いたままだと気管に詰まって呼吸ができなくなってしまう恐れがあります。だからといって、無理やり口に入っているものを取り出そうとする必要はありません。顔を横にするだけで充分です。また、発作中は歯を食いしばることも多いため、無理に口を開かせることは、患者から抵抗を受けたり、指を噛まれるきっかけにもなるので必要以上の手出しは無用です。

その他には、ベルトやネクタイがきつくしまっている場合には、呼吸を邪魔してしまうこともあるので、それをほどいたり、緩めたりしてください。

このようにして、二次的な事故が起きない状態になったら、あとは見守っていてくれるだけで、充分ありがたいです。

実は、この「見守る」ことにも大切な意味があります。てんかんの診断・治療は、発作の様子を病院で詳しく説明することから始まります。でも、患者は発作中意識がないため、自分で発作時の話をすることはできません。ですから、発作時に居合わせた家族や知人が発作がどれくらいの時間続いたか、顔や手足の様子はどうだったかなどを観察し、記録に残したり、一緒に病院に行ってくれると、診察の時に役立てることができます。

とはいえ、はじめて発作を目にすれば、「何かしなければ！」と考える方もいるでしょう。しかし、次のような対処はしないようにお願いします。

×揺さぶったり、抱きかかえたりして、発作を止めようとする

かえって発作を長引かせてしまったり、患者から思わぬ抵抗を受ける恐れがあります。発作は自然に止まりますので、落ち着いた対応をお願いします。

×救急車を呼ぶ

多くの発作は、数分のうちに止まるので、毎回病院に行く必要はありません。ただ、三十分以上けいれんが続く、意識が戻らないうちに発作を繰り返し起こした、呼吸困難がひどい、水の中で発作を起こしたなど、特別な場合だけ救急車の手配をお願いします。

×棒やガーゼを噛ませる

昔は、「舌を噛まないように、口に物を入れた方がいい」というふうに言われていましたが、これらは間違っています。口に物を入れるのは、怪我や呼吸を妨げる原因にもなってしまいます。

×意識が曇っている間に水や薬を飲ませる

意識が朦朧としている時に飲ませたり食べさせたりしても、意識がしっかりすることはありません。窒息や嘔吐の原因になるので、やめてください。

私たち患者は、発作が起きてもできる限り周囲の人に迷惑をかけたくないと思っています。ですから、少しでも発作や発作時の危険についての知識をもっている人が増え、冷静に対処してもらえたら、とても心強いです。よろしくお願いします。

2　てんかんは治療できる病気です

日本には今、百万人のてんかん患者がいると言われています。私のように何度も発作を経験する患者がいれば、薬での治療が当たり、発作は一度きりという患者もいます。てんかんと診断されても二十パーセントの患者は特別な治療を必要としません。また、他の病気や障害を併せ持っている患者もいます。てんかんには種類が多く、本当に症状は十人十色なのです。でも、真剣に病気と向き合うことで、みんな自分にあった治療法に出合うことができます。

現在では患者の七十〜八十パーセントは、薬の服用で発作を抑えることができています。さらにその半分は、治療を経て薬をやめることもできています。発作が二〜三年起きず、脳波検査でもてんかん波が出なくなれば、薬を徐々に減らすことができ、そうして病気から卒業していく患者も少なくないのです。また、子どもには良性のてんかんもあり、脳の成長に合わせ治療することで大人になる前に発作が起こらなくなることも多いのです。私が診断された側頭葉てんかんは、八十パーセントには入らない比較的症状が重い〝難治性てんかん〟に分類されます。薬を服用しても発作を抑えることができないため、外科手術という治療法を選びました。このように、症状が軽い重いにかかわらず、いろいろな治療法が確立されているのです。

改めてこのことを知ると、多くの人が「へぇーそうなんだ！」と思うのではないでしょうか。「てんかんは治療できる」ということがあまりにも知られていないのです。この理解が進んでいないことは、一般社会と患者の間に〝壁〟を作っています。この壁は、患者の人生の節目節目で立ちはだかります。そして壁を前にした患者は、「病気だと伝えるべきか、伝えない方がいいのか」と悩んでしまうのです。

例えば、子どもが幼稚園や学校に行くときには、病気があることや発作の頻度を親が学校に伝えるべきだと思います。水泳の時間、遠足や宿泊学習などで発作を起こせば学校に迷惑をかけるだけでなく、子どもの命にかかわるかもしれません。先生に「もしかしたら発作が起きるかもしれない」と話しておくべきではないでしょうか。

しかし大人になるにつれて、そう簡単ではなくなってしまいます。親しくなった友人にてんかんを打ち明けたとき……絶対に関係が変わらないとは言い切れません。その友人がてんかんに対して悪いイメージや間違った知識を持っていれば、せっかくの友情が壊れたり、偏見を持たれる可能性はゼロではないのです。また、就職となれば、どちらを選ぶのか慎重にならざるを得ません。働かなければ生きてはいけないのは私たちてんかん患者も健常者と同じです。でも、病気のことを話すと、就ける仕事が限られてしまうかもしれない……機会を奪われてしまうかもしれない……という不安があります。かといって、伝えなくても不安は残ります。職場で突然発作が起きたらどうしよう……と、常に心配でならないのです。

てんかん協会には、就職や仕事に関して次のような実例が寄せられています。

ある県の労働局は、高校の進路指導者宛に「てんかんのある生徒は就職の面接時に自ら病名を伝えること」と文書を出し、後に厚労省の指導を受けました。申告が強制されることはありませんでしたが、もし実行されていたら、学生の就職口を狭めることになったのは明らかです。また、会社から〝将来絶対に発作が起きないことを証明する医師の診断書〟の提出を求められ、書いてもらえなかったため事務職から解雇されたという話もあります。会社側がどこまで病気の知識を持っていたか分かりませんが、〃絶対に〃としたことは、病気と分かった時点で解雇するつもりでいたのかナァと思わざるを得ません。その他にも、内定を取り消された学生、突然の配置換え、見た目で病気だと分からないことから通院のための休暇を理解してもらえないなど、てんかん患者への悲しい扱いは後を絶ちません。

仕事となれば、誰もがてんかんを理解してくれるわけではないのは分かりますし、健常者・障害者関係なく、自分の力量にあった仕事に就くのが一番だと思います。けれど、きちんと治療もできているし発作も出ていない患者までもが「最初から機会を与えられない」「仕事を辞めなくてはならなくなった」では、あまりにも残念だと思うのです。社会に広く「てんかんは治療できる病気」だと理解が広まれば、こういった問題は減らせるのではないでしょうか？　反対に、現状を目の当たりにしたり、つらい経験をする患者がいる限り患者の不安を取り除くことはできません。患者は、「病気を伝えないでおこう」と思ってしまうのです。

昔からてんかんには「怖い病気だ」「治らない」などのイメージがついてしまって

います。だからか、病気を伝えないことは「病気を隠している」というマイナスな言葉で受け取られてしまいます。そこからさらに、悪いイメージを持たれてしまうという悪循環も起きています。みんな好き好んで隠しているわけではないけれど、そうしないとまだまだ生きられない社会になってしまったのです。できることなら、「風邪なんだ」と話すように、「てんかんなんだ」と明かせる世の中になってほしいと願っています。ただ、これは一方通行のままでは解決しません。まずは私たち患者やその家族が「隠す」のではなく声に出す必要があります。そしてみなさんには、イメージから離れ、私たちの声に耳を傾けてほしいのです。

繰り返しになりますが、てんかんはれっきとした治療できる病気の一つなのです。このことをみなさんに分かってもらうことが健常者と患者の間にある〝壁〟を低く薄くし、さまざまな問題解決につながる第一歩になると私は思います。

3　増加する〝高齢者てんかん〟

これまでに「適切な薬の服用で発作の七十〜八十パーセントのコントロールが可能であるし、てんかんは治療できるため、多くの人たちが普通に社会生活を営んでいる」という話をさせてもらいました。こういったことを知り、中には、「なら、発作の場面に出くわすことってそうそうないんじゃないか？」と思った人もいるかもしれません。確かに、医学の進歩とともに発作に出くわすことは少なくなっているかもしれません。しかし、最近新しい問題が出てきているという話を聞きました。それは「高齢者のてんかん」です。

これは、てんかんを持った患者が、高齢になるという問題とは意味が違います。これまでてんかんは〝ほとんどの場合は小さな頃に発症する〟と考えられていましたが、ここ数年、六十代、七十代になってはじめて発作を経験する人が増えているそうです。原因は「脳の傷」です。脳梗塞や脳内出血、認知症などで負った脳の傷があとあとてんかんを引き起こすことがわかったのです。
高齢者てんかんの発作には、意識を失ってバタンと床に倒れ込むような発作は少なく、次のような特徴があるそうです。

・体が固まって動かない、ボーッとして反応がなくなる
・普段の生活において、物忘れが強くなったり、性格が攻撃的になったりする
・口をペチャペチャ動かしたり、歩き回る

あれ？ これって……と思いませんか？ 実は高齢者てんかんの発作は、認知症に症状が似ているのです。認知症は今ではずいぶん一般的に知られるようになったため、何となく症状を知っている人も多いと思います。そのため、家族や介護者がてんかんの発作を認知症の症状だと思い込んで、診断や治療が遅れてしまうことが多いそうです。

そこで、やはり大切になるのがてんかんの理解と知識です。発作らしき症状の前に、腹の痛みや気持ち悪さを訴えたら、てんかんの前兆を疑うべきです。また、「物忘れが最近増えたなー」と感じても、普段の生活でいろいろなことを正しく判断でき

れば、認知症ではなく、てんかんの発作で一時的に意識を失っていることを疑うべきです。家族や介護にあたる人たちに、てんかんの症状を知ってもらうことが、正しい診断への近道になるのではないでしょうか？

私は「高齢者てんかん」の話を聞いたとき、「今は医学が発達したから分かったけど、これまでにも起きていたんじゃないかナー」と思いました。それに、「気付かれてはいないけど、既に多くの患者がいるのでは？」とも思いました。「てんかんなんて周囲にいないし、自分には一生関係ないことだ」と思っている人も多くいると思います。けれど、このまま高齢化が進めば、認知症と同じくらいてんかんは身近な病気になっていくのかもしれないということをみなさんに知ってもらいたいです。

そして、患者仲間に一言。私たち患者がてんかんの理解を広く求めていくことは、なにも、自分たちだけのためではありません。あらゆる人たちにとって、あらゆる場面で役立つことだと自信を持っていいのではないでしょうか。お互いに勉強なのです。

4　てんかん患者と自動車運転免許

新聞掲載後に殺到した抗議文や非難の声

二〇一一年栃木、二〇一二年京都と、立て続けにてんかん患者による自動車事故が起きてしまいました。栃木の事故は、てんかん患者でもある加害者が薬の服用を怠ったことが事故原因とされています。自分と同じてんかん患者が痛ましい事故を起こしてしまったかと思うと、胸が詰まる思いです。京都の事件に関しては、てんかんの発作が事故の原因とは特定されていないとはいえ、「祇園〝暴走〟事故」と呼ばれたことからも、多くの人に大変な恐怖を与えてしまったのだろう、と考えさせられました。

事故をきっかけに「てんかん」に注目が集まり、テレビ、新聞、インターネット……いろいろな所でいろいろな取り上げ方がされました。もちろん、私たちてんかん患者が一般社会で生きていく上で、処方通りに薬を服用すること、しっかり睡眠をとるなどできる限りの体調管理をしていくことは最低限のルールです。自動車を運転するとなれば、それ以上に気を引き締めることを忘れてはいけません。ですから、事故の加害者が非難されても仕方ないことだと思います。しかし、「てんかん患者によって引き起こされた事件」と「被害者遺族の悲しみ」がクローズアップされ、てんかんがどんな病気なのかということが切り離されてしまい、世間に根強く残る「てんかんのイメージ」のまま、話が進んでいってしまったように思えてなりませんでした。その結果、「てんかんは悪だ」「てんかんは怖い」という悪いイメージばかりが一人歩きしてしまい、今後患者はこれまで以上に偏見や差別に苦しむことになるのでは……と心配もしています。みなさんは、報道や世間の声をどのように感じていたのでしょうか？

事故後、てんかんなどの患者が自動車免許取得や更新のときに「虚偽申告した場合に罰則を適用する」と道路交通法を改正することが決定されました。そのため、私のところに新聞やＮＨＫ京都放送局から取材依頼がきました。私にお声が掛かったのは、てんかん協会福井県支部の代表を務めさせてもらっているし、てんかんであることをオープンにして積極的に話すからかもしれません。今回の事故をてんかん患者への偏見差別につなげないためにも、私の考えをみなさんに伝えられれば……と思い、取材を受けることにしました。福井新聞や朝日新聞、日本経済新聞、中日新聞の取材を受け、これまでの人生や体調管理法、てんかん患者の運転免許について考えていることをお話しさせてもらいました。

新聞では、次のような私の意見を取り上げてくれました。

- てんかんは「伝染する、遺伝する」という偏見は消えてきたものの、病気に対する理解は深まっていない
- 大半の患者は薬を服用し、真剣に病気と向き合っている
- てんかんを危険視せず、免許については冷静に判断してほしい
- 虚偽申告を罰則化することは、病気を隠すことにつながってしまう恐れがある
- てんかんの存在が当たり前になるような社会の広い理解に加えて、健常者との積極的な対話が事故を防ぐ近道になる

また、ＮＨＫ京都放送局の取材では、薬の服用や管理方法をお話しし、「ニュース

610京いちにち」で放送してもらいました。

新聞に掲載された後、てんかん協会や私のところに、たくさんのメールや電話が届きました。それは驚くほどの量で、社会がこれほどまでにてんかんに関心を持ってくれているのだと最初は思いました。しかし、その内容は悲しいものばかりでした。「てんかん患者は運転するな」「免許は許さない」「事故の加害者を擁護するのか」……中には、目もあてられないようなものもありました。

私は、静岡東病院に入院した経験から、一般社会とてんかん患者の世界には大きく厚い壁があると知りました。同時に、「患者側がオープンにしていかなければ、何も前には進まない」と考えるようになりました。患者の世界に閉じこもり、「病気に理解を！」と訴えたところで、外にその声は届かないのです。だからこそ、現状を伝えたいと思いました。けれど、その思いを受け取ってもらうことはできませんでした。

私の中には、「仕方ないのかナー」という気持ちが無いわけではありませんでした。過去に、私がてんかんを打ち明けたことで態度を変えた人もいました。ですから、厳しい世間の目があることも分かっていました。しかし、それを覚悟してでも、患者自身が行動していかなければ、今の状況を変えることはできません。私たちから〝壁〟を作ったら、その壁を壊してくれる人は誰もいないのだ……とまざまざと思い知らされるようでした。

そしてもう一つ。〝人を叩く〟という行動についても考えさせられました。今回届いたメールや電話のほとんどは「意見」ではなく、乱暴な言葉でしかありませんでした。そんな言葉で叩かれたら人はどんな気持ちになるか、自分がその立場だったら、自分の子どもが言われたら、身内が言われたら…と考えてみてほしいナァと思いました。健常者、障害者という区別は関係なく、人として相手の気持ちを汲み取ることや思いやることをいつでも忘れてはいけないと思いました。

免許が生活を支えてくれるのは、健常者もてんかん患者も同じ

みなさんは、どんなときに「免許があるって便利だナァ」と思いますか？　自動車やバイクが運転できる、就職活動をするとき、身分証明書の提示を求められたとき……地方に住んでいる人なら、車での移動は欠かせませんから、免許は生活必需品に

なっているでしょう。これは私たち患者にとっても同じです。特に移動や就職活動には影響があるように感じています。また、免許を取りたくても取れない患者や取得できる年齢に達していない患者がいるということもよく知っていただきたいと思います。私たちの周りで今、どのような問題が起きているのか、お話しさせてください。

そもそも、障害者基本法や障害者自立支援法などでは、障害者を「身体障害者・知的障害者・精神障害者」と分類していて、まとめて「三障害者」とも呼ばれます。三障害者にはそれぞれ障害者手帳が交付され、これが福祉サービスなどを利用するときに証票になります。私たちてんかん患者や統合失調症、躁うつ病の患者は「精神障害者」に入り、障害の重さに応じて、障害者手帳も交付されます。みなさんからすると、精神障害者という言葉は、身体障害者や知的障害者に比べると聞き慣れないかもしれません。

実は、この三障害者の分類が問題を引き起こしています。その最たるものが電車運賃の割引です。

ＪＲはホームページに「お身体の不自由なお客さまへ」という項目をつくってい

て、そこには「障害者割引制度のご案内」として「身体障害者（知的障害者）割引の概要」が書かれています。そこには「身体障害者及び知的障害者の方、そして条件によっては介護者も運賃半額が適用されます。なお、割引のお申し出の際は、各自治体で発行する障害者手帳が必要となります」とあります。お気付きでしょうか？　法律では三障害者としながら、精神障害者は割引の対象外とされているのです。全国の私鉄やバスなどを見ると、障害者の区別なく割引をしてくれているところもあります。けれど、最も充実した交通網を持つＪＲには、精神障害者に割引を適用するしくみがないのです。

電車の乗り降りは一人でできても、仕事にハンディキャップがあり収入面に不安を抱える患者が多くいます。体調面から公共の施設を使って通院や通勤をする人も多いでしょう。こういった問題があるのになぜ精神障害者だけが対象外なのか、いろいろと調べてみてもはっきりした答えはわかりませんでした。ただ一つはっきりしていることは、「割引はしません」「てんかん患者は免許を取るな」と私たち患者は板挟みになり、辛い状況にあるということです。

また、免許を持っている、持っていないは、就職にも関係してきます。
私たち患者が就職活動をするとき、大きく分けて三つの方法があります。
①障害者手帳を取得して、障害者枠で求職（ちなみに、手帳を持っていても一般枠にも応募できます）
②障害を明かさず一般枠で求職
③障害をオープンにして一般枠で求職
一般枠で受ける場合、病気を伝える、伝えないは個人個人の判断です。ただ、②の場合、突然発作を起こし、退職を余儀なくされることを覚悟しておく必要があります。また現在、運転免許保有者数の割合は約七十二パーセントと言われており、働き盛りの三十代では、なんと九十五パーセント弱の人たちが免許を持っています。免許を持っていることはごくごく当たり前の世の中なのです。そんな中で免許を持っていないとなれば「どうして免許を持っていないのですか？」と面接時に聞かれることも多くあります。そうなれば、「てんかん」を伝えざるを得ません。病気を説明しても理解してくれない会社が圧倒的に多いため、就職は難しくなってしまいます。そして

③の場合、前にも書かせてもらった通り、てんかんだと分かった時点で、採用試験の機会すら与えられないのが現実なのです。

免許について考えると、そこからいろいろな問題が見えてきます。多くの人が「てんかんには、いつ起こるか分からない発作がある」ということから免許の善し悪しを考えると思います。しかし、それだけではなく、ぜひ、周囲を取り巻く問題も一緒に考えみてください。

虚偽申告罰則は正義か？　悪か？

二〇一三年三月、道路交通法の改正が決まりました。その柱となったのは、てんかんなどの患者が免許の取得や更新の際に虚偽申告した場合に罰則を適用するというものです。改正のニュースなどを見て、多くの人が栃木・京都の事故を思い出し、「当然だ」と思ったかもしれません。正直私は、複雑な気持ちです。もちろん良い面もあると思うのですが、心配事もあります。

今回の罰則化について考えてもらうため、まず、法律がどう変わっていったのかを簡単にお話ししたいと思います。

旧道路交通法では「次の各号のいずれかに該当する者に対しては、免許を与えない。精神病者、精神薄弱者、てんかん病者、目が見えない者、耳がきこえない者又は口がきけない者」と記されていました。つまり、個人個人の病状は関係なく、てんかん患者全員、免許を取ることはできませんでした。法律が作られたのが一九六〇年。私が保育園に行っていたころですから、自分もしっかりした診断・治療ができていなかったことを考えれば、医学の世界でも病気について分からないことも多かったのでしょうから、これは仕方ないことだとも思えます。

その後、一九九九年に「障害者に係わる欠格条項の見直し」が行われ、二〇〇二年道路交通法が改正されました。どのような病気でも一律に運転免許を禁止するのではなく、ある条件を満たせば運転免許を交付するということになったのです。てんかん患者には次のような条件が出されました。代表的なもの二つを紹介します。

(1)発作が過去五年以内に起こったことがなく、医師が「今後、発作が起こるおそれがない」旨の診断を行った場合

⑵発作が過去二年以内に起こったことがなく、医師が「今後、X年程度であれば発作が起こるおそれがない」旨の診断を行った場合

私は、外科手術後⑵に当てはまるようになったため、免許が取得できたわけです。

そして、栃木の鹿沼市で起きたクレーン車の事故を受け、さらに改正が進められました。それが「虚偽申告の罰則化」です。具体的には、都道府県公安委員会が「運転免許受験者や更新者に一定の病気の症状等の質問をすることが可能になり、症状があるにもかかわらず虚偽の回答をして免許を取得または更新した者は、一年以下の懲役または三十万円以下の罰金刑を科す」となりました。また、病気の症状がある患者を診察した医師が、自分の判断で患者の診断結果を公安委員会に届け出ることも許されるようになり、これは、医師の守秘義務の例外となるよう法整備もされています。そしてこの他にも、「交通事故を起こした運転者が一定の病気に該当すると疑われる場合は、専門医の診断による取消処分を待たずに、暫定的な免許の停止措置もできる」ようになります。

私は、この改正には良い面と悪い面があると思います。第一に、てんかんに限ら

ず、自分が重い症状だと自覚しているのに、それを隠しながら運転を続ける患者が罰則を受けるのは当然のことでしょう。それから、病気があっても、安全な運転に支障があるかどうかを個別に判断してもらえるのも良いと思います。特にてんかんは、種類が多く症状や発作も人それぞれです。ですから、個別に見てもらえればより正しい判断をしてもらえるはずです。

しかし、今後は、試験に合格しても安全な運転に支障を及ぼす恐れがあると判断されてしまえば、免許を拒否・保留にされてしまうかもしれません。すでに免許を取得していても、免許の取り消しや停止がなされることもあり得るのです。私は、これでは患者の不安を煽る方が大きいのでは？　と心配しています。私が住む福井の県運転免許課は「医師の診断書さえあれば拒否することはない」と言っています。しかし、免許の取り消しを恐れた患者が「病気を申告しない方が良いのでは？」という考えを持たないか、気掛かりでなりません。また、医師が患者の症状を公安委員会に情報提供できる制度ができたことや、医師の診断書が必要ということが、治療の場から患者の足を遠ざけてしまわないかと心配しています。もしこうなってしまったら、本末転倒です。法律の改正が、悪循環を引き起こす種にならないかと考えてしまうのです。

二件の事故後、自ら公安委員会に問い合わせた患者さんがいます。もし自分が事故を起こしたら……被害者はもちろん自分を支え続けてきてくれた親にも取り返しのつかないことになると考えたそうです。問い合わせ後、医師が記入するための診断書が患者さんの家に郵送されました。それを持って主治医を訪ねると、「もしかしたら、一年くらい発作の様子を見ることになるかもしれないぞ。そしたら車には乗れないぞ」と言われたそうです。しかし、その患者さんは「それでも構いません。お願いします」と言い、診断書をポストに投函しました。その後公安委員会から電話があり「発作は起きていないようなので乗っていいですよ」と言われたそうです。「肩の荷が下りた」とその患者さんは喜んでいました。

これまでに起きた事故の悲惨さ、命の重さを考えれば、社会全体が事故防止に取り組むのは当然のことでしょう。ただ、罰則を強化することが、事故防止になるとは限りません。これを機に、先入観から離れ、病気の内容や患者の置かれた環境への理解を深めてほしいと願っています。多くの患者は真面目に薬を服用しているし、事故のことも運転することも冷静に考えているのですから。

そして、新聞やテレビには、法律がどうなったこうなったということを伝えるばかりでなく、病気の中身や患者の生活を取り上げ、てんかんの理解が広まるよう力を貸してくれることを願います。

二　患者とその家族へ

1　患者の家族にお願いしたいこと

てんかん協会の支部長を務めさせてもらうようになってから、いろいろな立場の人から相談の連絡をもらうようになりました。中でも多いのは、やはり、子どもが患者だという家族からの相談です。

先日、子どもがてんかんを発症したというお母さんとお会いする機会がありました。一番はじめに発作を起こした日には、子どもがこのまま死んでしまうんじゃないかと、ものすごい恐怖に襲われたと振り返っていました。そして病院に行くと、「次、家で発作を起こしたら、その様子を記録してきてください。どれくらいの時間続いたか、それから体の変化は細かく記録してください。ガクガクしている、固まっているとか、意識が戻る様子なども観察してください。できれば動画も撮影してください」と言われたそうです。そのお母さんは「はじめて発作を起こしたとき、咄嗟に抱きしめたんです。先生からお話を伺って、抱きしめたところで子どもを安心させることはできないし、逆効果だということも分かりました。でも、あんな姿を見たら、親なら放っておけるはずがありません。なのに、次発作を起こしても見守ることとしかしちゃいけない……記録までしないといけないと思うと、涙が出てしまうんです」と話していました。その後も突然不安に襲われることもあり、子どもが寝た後はインターネットで情報収集、気付くと朝、という生活の繰り返しだと言っていました。お母さんの話を聞いていると、私の両親も同じような気持ちだったんだろうと思いました。子どものころ私は、病気をそれほど意識したことはなかったし、母が薬が減った増えたと一喜一憂している姿を見ても「薬を服用することに変わりはないんだから、億劫にはちがいない」くらいにしか思っていませんでした。「親の心、子知らず」ではありませんが、母はきっと、病院にいくたび気をもんでいたんだと今になって思います。

しかし、身内こそグッと堪え、強い気持ちでいてほしいと思います。特に発作のときには、冷静さを欠いて欲しくないのです。

第一部で〝車間距離〟のお話をさせてもらいました。私の場合、発作時の不本意な暴力で両親に怪我を負わせてしまいました。今になっても後悔しか残っていません。自分に対する悔しさはもちろんなのですが、ただ、「父チャンも母チャンも心を鬼にしてくれれば、あれほどの怪我をさせずに済んだかもしれないのにナァ」という本音もあります。こればっかりは「子の心、親知らず」ではないかと思うのです。患者側からしても、暴力をふるってしまうことは本当につらい問題ですから、発作中は決して動揺しないでくださいと改めてお願いします。気の持ちようとしては、（看護師＋親心）÷2くらいが最高ではないでしょうか。

それから、患者の家族にひとつ頭の隅に入れておいてほしいこともあります。それは、「発作だけで死ぬことなんて滅多にない」ということです。このことを忘れずにいれば、少し気が楽になりませんか？　てんかんは残念ながら簡単に治る病気ではありません。だから、ほんの少しの気楽さも必要なのではないかナーと思うのです。また、より良い治療に近づくためにも、発作時の様子を観察することは必要です。一番近くにいる家族だからこそできる大切な役割だと思います。

そして何より、患者はもちろん家族みんなが、病気を恨んだり、不幸だと思ったりしないで済むように、一歩抑えたところから患者に寄り添ってほしいと願います。私の両親は、私が中学に上がると同時に、親戚の家に私を預けました。当時はまだ子どもですから、親元を離れる寂しさはありました。けれど、病気ということで過保護になることなく、私を信頼し一人前になれるように心を砕いてくれました。今となってみれば、医学面での治療は病院で、精神面での治療は両親にしてもらったと感謝しています。患者も家族も、お互いの心身のバランスを取りながら、焦ることなく治療を進めていってもらいたいです。

2　私たち患者がやらねばならないこと

こうして改めて自分の考えていることを書いてみると、ひとつ重要なことが見えてきました。それは、私たち患者は、一般社会に向け〝てんかんは治療できる病気〟だと広め、理解を求めていくべきだということです。

私たち患者がなぜ生きにくさを感じるかと言ったら、現在でもてんかんの悪いイメージが社会に広く残っているからです。このことに対し、私を含め多くの患者がこれまで「病気を正しく理解してください！」と言ってきました。しかし、自分に関係のない病気を詳しく知ろうとする人はなかなかいないのが現実です。ならば、最低限何を理解してもらうべきか、そう考えて出てきた答えが「治療できる病気」だと広めることでした。「治療できる」ことは大きな安心感につながります。これはいろいろな問題解決に向けた基盤になると思うのです。

ただ、理解を求めていくには、私たち患者は二つのことを守っていくべきだと思います。まず、治療を怠らないことです。私は、たった一錠薬を飲み忘れ、大発作を経験しました。服薬、睡眠、規則正しい生活などできる限り自己管理をし、前向きに治療に取り組んでいかなくてはいけません。二つ目は、自分たちの能力を過大に評価しないことです。治療できることは何でもできることとは違います。就労時間が不規則な仕事、運転がメインの仕事……できないこともあると認めることも大切でしょう。こうして、私たち患者のモラルや責任感を高めることが、第三者へ理解を求めていくために欠かせない礼儀だと思います。

また、一つ目の「治療を怠らない」にも通じますが、患者間でももっともっと「治療できる」ことを広めるべきだと思います。

てんかん協会が全国に百万人の仲間がいるとしているのに対し、厚労省の調査では患者総数は二十数万人とされています。こんなに大きく差があるのは、偏見や絶望、経済的な理由から治療を諦めてしまっている仲間が多くいることを表していると思います。また日本では、てんかんの外科手術が諸外国の二分の一以下の件数しか行われていないそうです。これは、手術で治るはずのてんかんがそのままになっている可能性を示しています。痛みやつらさを分かり合える者同士です。声を掛けあっていくべきではないでしょうか？

ただ、治療が病院任せになってはいけないとも思っています。心身の苦しみや発作があると、「先生、どうにか助けてください！」とお願いしたくなる気持ちは分かります。しかし、先生に正しい治療法を選んでもらうためにも、まずは「自分で自分を観察する」ことが必要だと思います。

例えば、発作が起きたとします。その時自分はどんな環境にいて、どんな精神状態だったか、冷静に考えるのです。仕事環境が変わった、落ち込んでいた、気分が高まっていた……など、自分を振り返ってみることで、発作が起こりやすい状態が分かり、病気との付き合い方が見えてくると思うのです。小さな子どもが患者の場合、自分で観察するのは難しいでしょうが、親が、子どもの変化を観察することはできるはずです。

こうして自分の傾向を知り、先生と力をあわせれば、百パーセント効果的な治療になると思います。

「できることなら病気を隠さず、堂々と生きたいナァ」と多くの患者が思っているはずです。この気持ちに素直になりませんか？「てんかんは治療できる病気です」を合言葉に、それぞれ努めていきましょう！

第三部　「ありがとう」

一　母チャン、ありがとう！

昨年のことです。いつものように西武デパートにアルバイトに行き、実演販売の仕事をしていました。昼休憩にはパンを食べることが多いのですが、その日も気に入っているパンを食べ、コーヒーを飲み、「さてと！　後半戦だ、午後も頑張らんとナー」と気持ちを引き締め直した時のことでした。携帯電話が鳴りました。見ると、母親がお世話になっているデイケアセンターからの電話でした。

八年前に父が亡くなってから母と二人暮らしをしています。母はもう九十三歳になったのですが、数年前から痴呆の症状が出てきたり、肺を悪くして入退院を繰り返すようになったので、デイサービスやお泊まりサービスのお世話になっています。

電話に出ると、「お母さんの股関節がはずれてしまい、救急車で病院に運んでもらいました。病院で、職員じゃなく家族が来ないと駄目だと言われたんです。河合さん、すぐに来てください！　お願いしますね！」と職員さんが早口で言いました。「はい、向かいます」と返事はしたものの、私は「なにもこんな日に股関節はずさなくてもいいだろうに。まったく母チャンは！」と、なんだか腹が立ってしまいました。

実はその日、デパートでは午後から搬入作業があり、特別に忙しい日だったのです。早退となれば仕事仲間に迷惑をかけることになります。それに今はアルバイトですから、早退した分、収入も減ってしまいます。考えれば考えるほど、苛立ってしまいました。でも、職員さんに任せきりにすることはできません。「申し訳ないです。母チャンが……」と事情を話し半日早退させてもらうことにしました。駅に向かって歩いている間も、腹は立ったまま、悔しくてたまりませんでした。

電車に乗ると、見慣れた風景が多少私を落ち着かせてくれたようで、徐々に冷静に考えられるようになりました。

私が発作を起こせば、来客中だろうと仕事の真っ最中だろうと何をしていてもそれを放って来てくれたのが私の両親でした。一度や二度ではありません。何年もの間、何度も何度も駆けつけてくれたのです。それに比べ私は……今回初めて呼び出されただけです。たった一回、たった半日仕事を休むことになったからといって、何をイライラしているんだ……心の器の小ささを思い知らされたようで、自分がとても情けなくなってしまいました。それに、「股関節をはずすなんて痛い思いをして、母チャンは大切なことを僕に気付かせてくれたんかナー」と思うと、涙がポロポロと溢れ出てきてしまいました。

歳を重ねるごとに、病気と付き合わざるを得ない自分の運命を前向きに捉えられるようになり、両親への感謝の気持ちも強くなっていました。けれど、母に痴呆の症状がでるようになってからは、突然大声や奇声をあげたり、言ったことややったことを忘れたりするようになり……そんな母に対してきつい言葉であたってしまうことも何度かありました。前兆でテレビの音さえガンガン聞こえる日には、「ちょっと手貸してくれまー」という母に対して、「今日はとてもつらいんやってと言ったやろ！　なんで分からんのや！」と感情のままに強く言ってしまいました。私がこんな態度のままお泊まりサービスに送り出したとしても、帰ってきた母は「やっぱり家が一番いいのだ。ご先祖さんの仏壇も守らなアカンなァ」と穏やかな声で言います。それを聞くと私は、タイムマシンで母にあたったり怒鳴ったりする前に戻りたいと毎回反省します。けれど、そんなことを繰り返しているうちに、自分ばかりがつらいような気になって、これまで母が私のために背負ってきてくれた苦労を忘れてしまっていました。病院に着いていつもの母の顔を見るまで、涙はずっと止まりませんでした。

この日をきっかけに、「親孝行」について考えるようになりました。これまでにも親孝行したいと思ったことはあり、そのたびに、「一番良いのは、経済的なことかナァ」と思っていました。私は一歳半でてんかんを発症して以来、ずっと病院に通ってきました。これまでたくさんの治療費をかけてもらった分、母がもっともっと好きなものを食べたり好きなことができるようにしてあげられたら良いナーと考えました。けれど残念ながら、病気が収入面でのハンディキャップになってしまうのが実情です。じゃあ、自分にはどんな親孝行ならできるだろうかと、もう一度考えました。そして、私なりに見つけた答えが「病気をバネにしながら生きている姿を親に見せる」ことでした。

てんかんの正しい知識などまったく広まっていない時代には、両親は、私が想像するより遥かに酷い言葉を浴びせられたり、冷ややかな視線を受けたこともあったでしょう。それでも両親は「もっと良い治療を」と探し続けてくれました。長年両親の心の中にあったのは、「病気に負けずに生きていく姿を見たい」という強い気構えだったと思うのです。ならば、病気をバネにすることこそが、親孝行ではないでしょうか?

私はてんかんと五十五年付き合ってきました。振り返ってみると、「なんでつらい目にあわないとならんのかナァ、教えてくれ」と自問したり、演歌の『おゆき』の歌詞でもある「持って生まれた運命《さだめ》まで変えることなどできないと」という言葉を自分に言い聞かせ、涙を流してしまうようなことがずいぶんとありました。でも、痛みやつらさを感じた分だけ、大切なことに気付かされました。食べて笑って健康に過ごせる一日がなによりありがたいこと、偏見や差別の惨《むご》さ、恨みつらみは何も生まないこと、〝人並み〟に近づく嬉しさ……病気が教えてくれたこと全部、自分の〝バネ〟にしようと決め、心に刻んで生きてきました。もちろん私一人の力だとは思っていません。私を見捨てなかった両親の存在があったからこそできたことです。これまではお金がないと親孝行もできないと思っていましたが、真剣に病気に向き合って生きてきたことは親孝行になっていたのかもしれないと今になって思えました。そして「これからもこうやって根気強く病気と付き合っていくことを、母チャンは望んでいるんじゃないかナァ」とも思えました。みなさんはどう思いますか？

少し前から母の水虫がひどくなり、毎晩寝る前に水虫の薬をつけてあげています。その前にはしっかり爪も切ります。巻爪だからか、爪を切ると母は、大げさに「痛い痛い」と言います。確かに切りにくいし、私も一苦労ですが、最後は爪の先を磨き、足袋を履かせるときにひっかからないように丁寧に仕上げます。終わると母は「ああ、足が軽くなったわ。気持ちいいわ、ありがとぅ」と言います。そうしてからやっと水虫の薬をつけるのですが、私はいつでも「薬よ薬、しっかり母チャンの足に染みついて痒みをとってやってくれよ」と心の中で言いながら塗ります。だんだん、薬をつけると痒みが治まることが分かったのか、母は自分から「足、塗ってくれや」と言うようにもなりました。今では、もう一歩というところまで良くなりました。水虫も私たち親子の絆には勝てなかったようで、嬉しい限りです。

薬を塗り終わると、満足した様子で母は寝床に入ります。その寝顔を見ると、なんと可愛い人だろうと思って、頬を付けてしまうことがあります。「いい齢をして」と思われてしまうかもしれませんが、母の温もりはいくつになっても嬉しいものです。時には眉間にシワを寄せるので、「昔からの苦労が寝顔にも出てしまうんかナー変な夢でも見てないといいが……」と心配になり、まじまじ顔を見てしまったりもしています。そうやって気が済むまで母と一緒にいて、「母チャン、オヤスミィ」と言って、母の部屋を出ます。

その母が今年一月に九十三歳で他界しました。

母チャン！

これまで苦労かけてゴメンな！　でも、僕はてんかんを授けてもろうて、ありがとう！　と思う。これからも根気強く頑張っていくから、ずっと天国で見とってや！

二　てんかんに、ありがとう

今年で手術から十五年が経ちます。私は手術後一度も発作を起こしておらず、昔に比べたらずいぶんと落ち着いた毎日を過ごせているナァと嬉しく思います。とはいえ、今でも前兆の痛みで目が覚めてしまう毎朝です。特に起きてから数時間は、居ても立ってても居られない痛みに負けてしまうか、勝てるか、闘いです。それでもどうにか仕事に行くのですが、前兆が強い日には、あいさつもままならないくらいです。

十日あれば、こんなつらい日が八日くらいを占めます。残りの二日は、「あれ？今日はなんでこんなに体調がいいんだ？　なんだか変な気分だナァ」と、体調が良いことが不思議でなりません。健康に差し支えない人たちは、起きた時に体調が良いことをどう思っているのかナァ？　当たり前のことなのかナァ？　と考えたりもします。

ある時、「このつらさを自分の力でどうにかしたい」と考え、運動公園のプールに行きました。そして「運動して気を紛らわせば、つらいのなんてどこかに行ってしまうぞ」と自分に言い聞かせながらプールを行ったり来たり歩きました。「一、二、三！　一、二、三！」と数えながら歩いたのですが、つらくてつらくて、いつの間にか掛け声は「ちきしょう、これでもか！　これでもか！」に変わっていました。ついには涙も出てきてしまい、周囲の人は「なんだかあの人おかしいナー」と思っていたと思います。それでも、なんでこんなつらい思いばかりしなければならないのかと深く深く考えてしまい、このときばかりは涙がどうにも止まりませんでした。

てんかんと五十五年も付き合っているのですから、自分でつらさをコントロールできるくらいにベテランになれたらいいのですが、現実はつらいことの繰り返しで……医学的にも精神的にも苦労の多い病気だナァと日々思い知らされています。同時に、この病気とは、三歩進んで二歩下がるような気持ちで、時間をかけて付き合っていかなければならないのだとも改めて感じています。

私もそうであるように、患者のほとんどが、ゆっくりゆっくり時間をかけなければ前に進めないことをもどかしく感じていると思うし、それが苦しさにもつながってしまっていると思います。「治らんか、治らんか」と焦りのような気持ちが出てきてしまうのも分かります。けれど、少し見方を変えると、「てんかんは私の人生の付録」と捉えることができると思うのです。

世の中には、経済的に恵まれても不幸なことはあります。反対に、苦労が多くても幸せなこともあります。なぜ幸せかといったら、お金では買えない〝心の財産〟を苦労する中で手に入れることができるからです。私たち患者は、人生に付録がついたから、周囲の人よりも多く心の財産を貯めることができるのです。私には、これは幸せなことだと思えてならないのです。こんなに恵まれているのですから、患者やその家族には、病気を言い訳にしない人生を送ってもらいたいナァと心底思います。

とは言え、私自身もいつでも「てんかんは人生の付録」と捉えられているわけではありません。体調の良さとつらさが八対二くらいの日には、「僕の心を豊かにしてくれたてんかんは宝物だナァ」と思えるのですが、四対六くらいの日には、「病気が無いに越したことはない」と弱音も吐きたくなります。それでも、「人生の付録」と理解すること自体に意味があるのだと思い続けています。

二〇一三年七月、富士山が世界遺産に登録されました。テレビ画面を通して見ても、あの雄大な姿は美しいナァと思います。登るのは無理でも、近くで眺められたらいいナァと思います。きっと、心が癒やされることでしょう。もし本当に観に行けるとなったら、どうやって行くのが良いと思いますか？　私は、在来線に乗って行きたいナァと思います。

多くの人は「新幹線の方がいいだろう」と思うかもしれません。確かに、ビューッと猛スピードで走り抜けられれば、時間も短縮できるし、ずいぶん楽チンでしょう。けれど、在来線で一駅一駅停まりながら向かうのも悪くないと思うのです。ゆっくり進めば、車窓越しに風景が望めます。富士山だけじゃなく、そこに着くまでに通り過ぎる山や川や街など、いろいろな景色が楽しめるでしょう。新幹線では速すぎて流れてしまう景色まで、一つひとつ見られるなんて、なんと贅沢なのでしょうか。それに、在来線なら乗り合わせた人と交流が生まれるような気がします。乗ってきた人にその土地の話を聞いたり、お茶菓子を交換したりできたら、きっと楽しい旅になるでしょう。

私は、人生も同じかナァと思います。病気と付き合いながらの私は、新幹線のようには進めません。何をするにも、「遠回りの人生だったナー」と思ってしまいます。けれど、ゆっくり進むから見えるものがあって、それをいろいろな角度から見ていると、もっとたくさんのものが見えてきます。「てんかんは人生の仇のような存在だけど、やっぱり僕の人生にとっては無くてならない〝付録〟だったナァ」と思えてなりません。それに、こんな風に捉えられるまでに精神面で成長できたのも、病気のおかげだと思うのです。私を変だと思う人もいるでしょうが、てんかんとともに人生を歩めたことに感謝したいと思っています。また、「何年後、いや、何十年後でも構いません。こんなこと言っていた人がいたナー」とみなさんの心に私の思いが刻まれていたら嬉しいです。

また、患者仲間に一言。繰り返しになりますが、私がこの五十五年で得たもっとも大切なことをお伝えします。

「病気の中に自分がいる」のではありませんよ。

「自分の中に病気が時々宿ってくるだけ。最後は自分で自分を支配する」のですよ。

このことを忘れず、強い気持ちで自分の人生を歩んでください！

最後になりますが、「てんかん」という病名で先入観を持つのではなく、その中身をもっと正しく理解していただきたいと思っています。このことを私は最も重視していただきたいと思います。どうにかご理解のほどよろしくお願いします。

著者プロフィール

河合 利信（かわい としのぶ）

日本てんかん協会福井県支部代表。

1956年、福井県生まれ。

1歳半の時に発作が起き、以来てんかんと共に生きる。

現在は、てんかん患者やその家族へのアドバイザーを務めるほか、てんかんという病気への偏見をなくすための活動に尽力している。

てんかんは親からの宝物だった！

2014年5月8日　初版第1刷発行

著　者　河合 利信
発行者　瓜谷 綱延
発行所　株式会社文芸社
〒160-0022　東京都新宿区新宿1－10－1
電話　03-5369-3060（編集）
03-5369-2299（販売）

印刷所　株式会社エーヴィスシステムズ

ISBN978-4-286-14404-7